Seuls les alligators vous entendront CRIER

8 rue Saint-Marc, 75002 Paris
Diffusion : Volumen

Une collection dirigée par Arthur Ténor
Couverture réalisée par Isabelle Dumontaux
Mise en page : Clémentine Hède

ISBN : 978-2-3674-0403-5
Dépôt légal : mai 2016

Nadia COSTE

Seuls les alligators vous entendront CRIER

Un ouvrage de la collection
ROMAN D'HORREUR

ScriNeo

Prologue

Seule la lumière de l'écran de l'ordinateur éclairait le visage de l'adolescente. Elle cliquait d'un lien à l'autre, d'une image à l'autre. À côté de son bureau, sa valise était prête. Elle devait prendre l'avion tôt le lendemain matin avec sa classe, direction les États-Unis, mais elle n'arrivait pas à dormir. Elle ouvrit une nouvelle vidéo.

« *Ça s'est passé ici* », expliquait un homme, debout sur une barque, en désignant un arbre tordu dont les branches frôlaient l'eau noire du marais.

« *Mon ami Tommy chassait des alligators avec moi depuis plus de dix ans.* »

Les images montraient comment attacher des morceaux de poulet assez près de l'eau pour que les grands sauriens sortent leur gueule immense et mordent à l'hameçon.

« *Tommy avait une méthode bien à lui : une fois son poulet en place, il agitait la main dans l'eau pour attirer l'attention des alligators, et puis il courait sur la berge et montait dans un arbre pour se mettre à l'abri…* »

Le mot « reconstitution » s'afficha dans un coin de l'écran tandis qu'un acteur prenait la place du chasseur et reproduisait la scène. Un alligator jaillissait du marais et se retrouvait accroché à l'hameçon géant.

Des photos du témoin et de son ami Tommy, posant près des bêtes attrapées, illustraient le reportage.

« *Il y en a bien qui ont essayé de l'avoir* », disait le témoin en montrant les entailles sur la base du tronc de l'arbre. « *Mais Tommy était rapide.* »

L'homme secoua la tête, les yeux pleins de larmes.

« *La bête est venue de là-bas.* »

Il désigna le couvert des arbres, où de grosses lianes s'entremêlaient au-dessus de l'eau. L'onde qui se déplaçait sur les images révélait la présence d'un animal d'au moins trois mètres. Une paupière rugueuse comme de l'écorce apparut soudain à la surface. La pupille fendue d'un œil jaune regarda la caméra en gros plan. La mâchoire de l'animal s'ouvrit sur ses dents pointues.

L'acteur cria en se faisant happer dans l'eau tandis que le témoin expliquait « *on a retrouvé son corps huit cents mètres plus loin. Il lui manquait les deux mains et son torse avait été mutilé. On n'a jamais su pourquoi l'alligator ne l'a pas dévoré en entier.*

Certains disent que c'était un avertissement pour les chasseurs... »

Il montra une petite figurine de scorpion en pierre noire.

« *Moi, je pense que ce n'était pas son jour de chance. Il ne quittait jamais son porte-bonheur, et pourtant, je l'ai retrouvé chez lui... S'il l'avait eu sur lui, comme d'habitude, Tommy serait encore là.* »

Une voix off prit le relais :

« *Ce genre d'histoire est malheureusement très fréquente. Chaque année, une dizaine de chasseurs expérimentés trouvent la mort dans les marais du bayou. Et, à chaque fois, les familles évoquent un manque de chance ou l'oubli d'un objet censé les protéger. Tant que la superstition sera aussi forte en Louisiane, la situation ne s'améliorera pas. Et, aux statistiques d'accidents de chasse, il ne faut pas oublier d'ajouter le nombre de touristes inconscients qui bravent les interdictions de baignade et terminent dans l'estomac de la faune locale.* »

À l'écran, la longue gueule de l'alligator glissait sur l'eau. Des doigts tendus dépassaient entre ses dents serrées.

1

– « Je suis tombé sous le charme, à cause de tes mains, tes mots doux ! Tourne autour de mon âme comme des refrains vaudouuuu… »

– Oh, ta gueule, Camille !

L'adolescente aux longs cheveux blonds et bouclés ignora le trio de garçons qui menaçaient de lui jeter leur trousse à la tête. Elle continua à chanter, en dansant dans l'aéroport :

– « Tourne autour de mon âme et jetons-nous dans le bayouuuu ! »

Elle esquissa une chorégraphie où ses mains mimaient les vagues d'une eau imaginaire, ce qui provoqua les rires de ses deux meilleures amies, Justine et Lisa.

Le garçon qui lui avait demandé de se taire – Ethan – releva les manches de son survêtement. Il était deux fois plus épais que la jeune fille, et la dépassait de vingt bons centimètres. Sa mauvaise mine accusait les nombreuses heures de vol qui avaient conduit la classe de l'autre côté de l'Atlantique, ce qui lui donnait l'air d'un pitbull en colère.

– Sérieusement, si tu ne la fermes pas tout de suite, je vais casser ta petite bouche.

Justine, une brunette aux yeux noirs, s'interposa :

– Ça va, Ethan, tu la lâches maintenant.

– Ah ouais ?

Il se tourna vers ses deux acolytes et interpella celui dont la mèche savamment travaillée au gel retombait sous son regard bleu piscine.

– Raph, on dirait que tu n'as pas bien dressé ta copine.

Cela calma aussitôt la jolie Justine qui baissa les yeux. Ethan savait, comme tous les élèves de 3ème C, que Raphaël avait quitté Justine juste avant de monter dans l'avion.

Camille attrapa son amie par le cou et l'attira à l'écart en lui parlant à l'oreille, tandis que Lisa grommelait derrière sa frange :

– Abruti.

Tom, le petit Black qui suivait Ethan et Raphaël partout, tapa dans le dos de ses amis.

– Comment tu l'as mouchée !!! Pas vrai, Raph, qu'il l'a bien mouchée ?

Il se tourna vers son ami. Ethan, lui aussi, attendait la réaction de l'adolescent. Si Raphaël avait le malheur de trouver des excuses aux filles ou de prendre leur défense, ça risquait d'exploser. Les trois amis avaient suffisamment abordé le sujet dans les semaines passées : les filles étaient en train de les séparer. D'après Ethan, c'était surtout une fille – Justine – qui éloignait Raphaël de son groupe de copains. Il lui avait demandé de choisir.

Les mains dans les poches, Raphaël regarda son ex et les deux copines de celle-ci rejoindre les sièges près des intellos. Justine semblait au bord des larmes, mais elle se retenait pour ne pas pleurer devant tout le monde. Dans l'avion, elle était déjà revenue des toilettes les yeux rougis, et cela avait fait jaser pendant une bonne heure, occupant la moitié de la classe en mal de potins.

– Ouais, lâcha finalement Raphaël d'une voix neutre. On ne va pas laisser des gamines fans de Christophe Maé nous gâcher notre trip aux States.

La réponse tira un sourire à Ethan, rassuré de voir son meilleur ami sur le chemin de la guérison.

Un peu plus loin, Cyprien attendait près du tapis roulant. Sa valise n'était pas arrivée alors que tous ses camarades de classe avaient déjà récupéré la leur. Cela n'étonnait pas vraiment l'adolescent boutonneux : ça tombait toujours sur lui. Déjà en primaire, on disait qu'il portait la poisse depuis le jour où un robinet lui était resté entre les mains et qu'il avait inondé une partie de l'école sans le vouloir. Il avait espéré que sa réputation de chat noir ne le suive pas au collège, mais, dès la rentrée, il s'était trouvé sur le chemin du cuisinier du self au mauvais moment, provoquant une avalanche de spaghettis bolognaise sur la moitié de ses camarades de classe.

Ça expliquait sans doute pourquoi il n'avait pas d'ami.

Dans l'avion, il avait dû s'asseoir à côté d'Anne-Gaëlle, que personne n'aimait non plus à cause de ses kilos en trop.

La jeune fille approcha, essoufflée.

– Tu ne l'as toujours pas retrouvée ?

Elle se montrait sympa, mais sa voix nasillarde agaçait Cyprien.

– Si, mais j'attends de voir s'il n'y en a pas une plus jolie que je pourrais piquer.

– Monsieur Choisel a dit que le car serait bientôt là, répondit Anne-Gaëlle, vexée.

– OK.

Le message était clair : il n'avait pas envie de parler.

Anne-Gaëlle tourna les talons. Elle aurait peut-être plus de chance si elle se glissait dans le groupe des intellos. Son embonpoint et ses lunettes la classaient dans la case des « têtes », mais ses résultats scolaires ne suivaient pas. Elle était juste moyenne. Elle aurait tellement voulu ressembler à Emma…

La première de la classe n'était pas plus populaire qu'Anne-Gaëlle, mais elle levait le menton bien haut, ses yeux brillaient, et personne ne trouvait de raison de la rabaisser. En plus, elle était plutôt mignonne. Bien sûr, son côté « Madame-Je-Sais-Tout » agaçait les brutes comme Ethan, mais mieux valait se sentir supérieure que moins que rien.

Emma discutait avec Sony, l'un des deux délégués de classe. Lui était du genre populaire. Lorsque les élèves de 3ème C prenaient des paris sur l'avenir des uns et des autres, ils imaginaient Sony comme le premier Arabe président de la République. Tout le monde l'aimait. Et il aimait tout le monde.

– … n'aurait pas dû venir, expliquait Emma. Je l'ai toujours dit : emmener quelqu'un qui porte autant la poisse que Cyprien en voyage scolaire, c'est s'assurer que quelque chose va mal tourner.

– Il a gagné le droit de venir autant que chacun d'entre nous, répondit Sony d'une voix apaisante.

De sa part, cela avait encore plus de valeur car sa situation financière précaire avait nécessité la demande d'une bourse spéciale pour qu'il puisse participer au voyage.

Comme les autres, il avait fait du porte-à-porte pendant deux ans pour vendre des brioches, du fromage, des tickets de tombola, des porte-clefs, des calendriers… tout ce qui pouvait financer le voyage Orléans-Nouvelle-Orléans et le séjour sur place. Deux ans que Mlle Jeanville, la prof d'anglais, les faisait bûcher comme des fous en leur faisant miroiter les dix jours aux États-Unis en fin de collège s'ils avaient la moyenne. Finalement, à part trois fauteurs de troubles et un élève dont les parents avaient refusé le départ, toute la classe de 3ème C venait d'atterrir à l'aéroport international Louis Armstrong après un trajet Orléans-Paris, un vol Paris-Washington, et un dernier Washington-Nouvelle-Orléans. La fatigue épuisait les nerfs de chacun.

– Je me suis renseignée, continua Emma, j'ai vu des reportages sur les accidents qui ont lieu dans le bayou… Quelque chose revient toujours : la chance.

Les gens sont très superstitieux par ici, et si quelqu'un attire autant la poisse que Cyprien, on est sûr d'avoir des ennuis. On aurait dû faire une pétition pour l'empêcher de prendre l'avion.

– Pfff, de toute façon, c'est le chouchou de Mme Duquette, alors ça n'aurait rien changé, intervint Anne-Gaëlle pour qu'Emma la remarque.

– Et on a vu l'effet de la pétition contre M. Lestat…, insista Sony en se tournant dans la direction du prof d'histoire.

L'homme n'était pas grand : il était immense. Ses yeux enfoncés dans leurs orbites semblaient toujours cernés de noir. Il ne quittait jamais son épais pardessus en laine sombre, même en été. Même en classe. Son nez pointu, façon bec, lui valait le surnom de « Corbeau ». Des générations entières de collégiens s'étaient succédées en se passant le mot : M. Lestat est un monstre. Ses notations sévères et sa pédagogie inexistante n'amélioraient pas sa réputation.

Lorsque les 3ème C avaient appris qu'il les accompagnerait en voyage, ils avaient lancé une pétition, signée par toute la classe et les parents d'élèves, qui n'avait pas trouvé grâce auprès de la direction. Faire peur n'avait jamais été un motif suffisant pour exclure un professeur d'un projet comme celui-ci.

Comme s'il avait senti qu'on parlait de lui, Bruno Lestat s'approcha lentement du groupe d'intellos et des trois fans de Christophe Maé.

– Allez, on se regroupe. Plus vite que ça.

Tom, Ethan et Raphaël se mirent au garde-à-vous pour ne pas s'attirer les foudres de leur prof d'histoire.

Mme Duquette, la prof de français, ravie de voir du mouvement, se précipita, dossier en main.

– Qu'ils sont formidables, nos 3ème C ! lança-t-elle en cochant les présents dans le rang. Des heures de vol, et ils s'adaptent encore sans se plaindre !

D'autres élèves se rapprochèrent peu à peu. Il fallut réveiller Mariko, qui s'était endormie sur son sac à dos, et dessouder Mathis et Saphia qui se bécotaient dans un coin. Mlle Jeanville, la prof d'anglais, revenait des toilettes avec Xian, Mohamed, Rhimen et Ulysse. Cyprien, lui, restait près du tapis des bagages.

– Quelqu'un peut s'en occuper ? demanda Mme Duquette en le voyant ainsi désœuvré.

– Je m'en charge, répondit la voix rauque du prof de sport.

M. Choisel, râblé, tout en muscles, le visage tanné par le soleil, revenait avec le chauffeur du bus qui devait les conduire jusqu'à la pension louée pour le séjour.

– Merci, Alain, lui glissa la prof d'anglais avant d'appeler les derniers élèves qui grignotaient des gâteaux sur un muret, un peu plus loin.

Avant que le prof de sport n'ait eu le temps de demander quoi que ce soit à Cyprien, celui-ci expliqua en pointant les étiquettes sur les valises :

– Un nouvel avion vient d'atterrir. Il arrive de Washington, lui aussi. Si mon sac n'était pas dans notre vol, il a peut-être été mis dans le suivant.

– On n'a pas que ça à…

– Là ! Il est là !

L'adolescent boutonneux bouscula plusieurs touristes indignés pour se précipiter sur sa valise. Il manqua de se faire emporter par le tapis roulant mais M. Choisel le rattrapa par le pull et le remit sur pied.

– Une bonne chose de faite. Allons-y, maintenant.

Il donna une grande tape dans le dos de Cyprien qui chancela sur ses jambes tout en serrant son sac contre lui.

– Tu vois, Emma, déclara Sony. Tout va bien. Cette histoire de malchance n'est pas…

– Ne venez pas pleurer si vous vous faites manger par un alligator ! répliqua la première de la classe. Au moins, moi, j'aurai essayé de vous prévenir !

2

– Les 3ème C, on reste groupé ! ordonna Mlle Jeanville alors que la classe sortait de la pension.

Les adolescents auraient bien dormi quelques heures de plus, mais ils étaient tous excités par la visite de la ville. Enfin ! La veille, le seul aperçu des États-Unis qu'ils avaient pu avoir par les hublots de l'avion ne leur avait donné qu'un avant-goût de l'immensité du pays. Et le trajet direct entre l'aéroport et la pension s'était fait de nuit : ils avaient à peine aperçu quelques buildings et des façades de magasins. Les reflets des bâtiments dans le Mississippi les avaient submergés de lumières, contentant assez leur curiosité pour s'endormir, épuisés par le décalage horaire, bercés par le ronron des pales des ventilateurs qui brassaient l'air de leurs dortoirs.

– Neuf heures du mat' et on crève déjà de chaud,

constata Raphaël en tirant sur son tee-shirt qui lui collait à la peau.

La moiteur ambiante prenait peu à peu son ampleur suffocante. Ethan releva sa casquette pour s'éponger le front. Tom l'imita aussitôt.

Justine avait attaché ses cheveux en queue-de-cheval, et les mèches fines qui s'échappaient de sa coiffure frisaient à cause de l'humidité de l'air. Elle s'éventait d'une main volontairement langoureuse. Le débardeur qu'elle avait choisi mettait en valeur sa poitrine rebondie sur laquelle perlaient de petites gouttes de sueur. Son regard accrocha celui de Raphaël. La jeune fille dut faire preuve d'une grande force de volonté pour l'ignorer. Elle pivota vers Camille et Lisa en bougeant juste assez l'épaule pour que sa bretelle tombe et dénude davantage sa peau. Puisqu'il l'avait larguée, autant qu'il se rende compte de ce qu'il avait perdu.

Raphaël secoua la tête en se tournant vers ses amis.

– Tout le monde a son plan ? demanda la prof d'anglais en levant le sien bien haut. Une bouteille d'eau ? Casquette, chapeau ? Quelques dollars en poche pour nous appeler si vous vous égarez ?

Les ados grommelèrent, peu ravis de ce rappel

sur leurs précieux téléphones portables inutilisables pendant leur séjour : les parents s'étaient laissés convaincre de ne pas basculer sur un forfait international, pour que l'immersion de leur séjour soit la plus complète possible. Résultat, les ados ne pouvaient même pas s'envoyer de SMS entre eux.

– Bien, alors c'est parti !

Cyprien geignit qu'il n'avait pas terminé de se passer de la crème solaire alors que la classe s'ébranlait déjà. Mlle Jeanville ouvrit la marche, accompagnée par Mme Duquette. M. Choisel et M. Lestat restaient en arrière pour vérifier que personne ne se perdait ni ne quittait le groupe.

– Premier jour de visite, les enfants, s'égaillait la prof d'anglais. Direction le Quartier Français. *French Quarter !*

C'était tout l'intérêt de ce séjour : une sorte de jumelage entre leur bonne vieille ville d'Orléans et cet incroyable endroit aux mille couleurs qu'était La Nouvelle-Orléans.

Tout semblait immense, ici. Les rues, larges, voyaient défiler des voitures disproportionnées, soit très longues, soit très hautes, comme ces 4x4 aux roues grandes comme des hommes, ou ces trucks dans lesquels on aurait pu transporter une vache couchée.

Un souffle de vent chaud charria un fumet épicé et quelques notes de jazz masquées par la circulation.

Sony prenait des photos des maisons aux façades ocre, rouges, jaunes ou en briques. Les volets en bois, peints en vert ou en blanc, faisaient ressortir les couleurs vives des murs. La végétation luxuriante des jardinières dégoulinait le long des colonnades ou des balcons.

– Qui se souvient du cours sur l'architecture latino-créole ? demanda la prof de français.

Comme d'habitude, seule Emma leva la main. Mme Duquette l'ignora, cherchant une lueur d'intérêt auprès des autres élèves, puis finit par reprendre les bases de son cours en montrant les bâtiments autour d'eux pour développer ses exemples concrets.

– Regardez comme les rues forment des angles droits parfaits ! C'est vraiment typique du Vieux Carré. Et vous voyez comme cette partie de la ville est intacte, même après l'ouragan Katrina ? C'est une chance que les colons aient construit loin des zones inondables…

Ethan leva les yeux vers un balcon où un vieil homme se balançait dans un rocking-chair. Avec sa peau sombre, sa barbe grise, sa chemise de coton claire et sa longue pipe en bois, il semblait tout droit sorti d'un film.

– Vous croyez qu'ils paient des figurants pour que le quartier ait l'air typique? demanda l'adolescent d'un ton méprisant.

– Manquerait plus qu'il se mette à jouer du banjo, acquiesça Tom, plutôt gêné.

La famille de l'adolescent venait de Côte d'Ivoire. La légende de son arrière-arrière-arrière-arrière-grand-oncle, qui avait été enlevé par des négriers pour être vendu comme esclave en Amérique quatre cents ans plus tôt, faisait partie des secrets un peu honteux dont il ne parlait pas facilement. Certains se seraient servis de leur histoire personnelle pour militer contre les inégalités. Tom, lui, ne voulait pas d'ennuis. Pas faire de vague. S'intégrer parmi les petits Blancs d'Orléans, les métis et les Arabes, sans oublier les Blacks des Antilles qui lui faisaient bien comprendre qu'ils étaient plus français que lui, même s'il ne se sentait Ivoirien que pendant la Coupe du monde de foot.

Voir ce vieil homme se balancer dans son rocking-chair, c'était comme imaginer cet ancêtre qu'il n'avait jamais connu lui dire « si ce n'était pas ton arrière-arrière-arrière-arrière-grand-oncle qui avait été enlevé, mais ton arrière-arrière-arrière-arrière-grand-père, à quoi ressemblerait ta vie aujourd'hui ? ».

Le vieil homme se redressa soudain et tourna la tête en direction de Tom, comme s'il avait senti sa présence. L'adolescent frissonna. Allait-il lui adresser un petit signe de tête, un salut ? Étaient-ils vraiment liés ?

Deux yeux blancs se posèrent sur Tom. Les pupilles, effacées derrière un voile vitreux, donnaient un air démoniaque au vieil homme dans son rocking-chair. Le petit Black se sentit écrasé par le poids de ses ancêtres. Il ne pouvait plus respirer. Le regard aveugle l'hypnotisait, l'empêchait de bouger.

M. Lestat poussa Tom dans le dos, rompant sans s'en rendre compte le contact entre le vieil homme et l'adolescent.

– Allez, avance. On dirait que tu as vu un fantôme.

Tom n'hésita pas : il détala pour rejoindre les autres.

– On ira pique-niquer à Jackson Square, annonça la prof d'anglais. Vous verrez, c'est magnifique. De hautes grilles en fer forgé noir, des jardins incroyables, la statue du général Jackson sur son cheval cabré, en train de lever son chapeau, avec la cathédrale Saint-Louis au fond… Ça mérite le détour !

– Madame ? Ce n'est pas sur cette place que des esclaves ont été pendus ? demanda Emma de sa voix de Madame-Je-Sais-Tout.

– Tout à fait, Emma.

– Et malgré ça, le lieu vous paraît approprié pour faire une pause déjeuner ? insista la première de la classe.

– De quoi tu as peur ? lui demanda Raphaël d'un ton bravache. Qu'une bande de pendus reviennent comme des zombies justement aujourd'hui ?

Il tendit les mains devant lui.

– Sandwiiiiich, lança-t-il comme une plainte.

Il fut aussitôt imité par Ethan et Tom qui encerclèrent Emma en psalmodiant :

– Chiiips… Rhâa… Manger chips…

Emma protesta :

– Vous ne vous rendez pas compte ! On risque d'attirer le mauvais œil sur ce voyage !

Les trois garçons ne cessèrent pas leur manège pour autant.

– Quels gamins, déclara Camille.

Elle fit mine de vérifier l'état de son vernis à ongles pour se détourner de la scène et s'assurer que Justine ne soit pas trop peinée par l'attitude de Raphaël. Quelques jours plus tôt, c'est elle qui aurait fait semblant d'éviter les mains des zombies pour mieux se laisser attraper.

En effet, l'adolescente à l'orgueil blessé n'appréciait pas de voir son ex en grande démonstration de légèreté avec une fille quelconque qui ne se maquillait même pas. Mais au lieu d'en ressentir de la tristesse, c'était plutôt la colère qui l'animait.

– Raphaël mériterait une bonne leçon, lança-t-elle d'une voix froide.

– Tu as une idée ? demanda Lisa.

Justine détailla les magasins de la rue, et hocha la tête.

– Si je vous dis « Poupée vaudou » ?

Ses deux meilleures amies validèrent aussitôt son plan.

– Il t'a fait souffrir. Il n'a pas à agir comme si rien ne s'était passé.

– Ouais.

Alors que le groupe progressait dans le Quartier Français, les trois filles ouvrirent l'œil à la recherche d'une boutique ésotérique. S'il y avait un endroit où elles pourraient acheter de quoi fabriquer une poupée vaudou, c'était bien à La Nouvelle-Orléans.

En fin de matinée, alors qu'ils approchaient de Jackson Square, les élèves insistèrent auprès des profs pour entrer dans les boutiques qu'ils croisaient. Mathis et Rhimen voulaient envoyer leurs cartes postales dès le premier jour, pour être sûrs qu'elles arrivent avant eux en France. Saphia et Mariko avaient promis de rapporter des épices cajuns à leurs parents. Quelques vitrines de souvenirs attiraient des curieux. Ulysse, Mohamed et Xian hésitaient entre des figurines de jazzmen, d'Indiens, des miniatures de *steamboat* avec leur roue à aubes, ou de petits drapeaux américains.

Justine repéra exactement ce qu'elle cherchait.

– Là ! C'est génial ! Madame, s'il vous plaît, on peut y aller ?

Elle désignait une façade beige surplombée par un balcon en fer forgé. Seul le présentoir de cartes postales devant l'entrée permettait de confirmer qu'il s'agissait d'un magasin et non d'une habitation. Une grande croix rouge portant le mot « Esoterica » peint en blanc servait d'enseigne. Un écriteau « Witchcraft & Magic » était accroché à une fenêtre à la propreté douteuse. Une trace devant l'entrée faisait penser à une flaque que l'on aurait nettoyée grossièrement, mais dont on ne pouvait plus identifier l'origine.

La prof de français fit une grimace inquiète.

– Une boutique de magie ? Je ne suis pas sûre que vos parents…

Une partie de la classe était piquée par la curiosité.

– Oh, allez, madame, s'il vous plaît !

– Le vaudou fait partie intégrante de la vie de La Nouvelle-Orléans, cita Emma, très sérieuse.

Ses yeux brillaient d'excitation. Peut-être trouverait-elle un moyen d'attirer la chance sur le voyage scolaire et d'éviter le drame qu'elle pressentait depuis le départ ?

– Et puis on pourra rapporter des pattes de poulet ! s'exclama Tom.

– Des grigris !

– Des dents d'alligator ! renchérit Ethan.

Mme Duquette se tourna vers ses collègues.

– On ne doit pas visiter un cimetière vaudou vendredi ? demanda M. Choisel. Ça sera peut-être un bon complément s'ils voient les figures caractéristiques des divinités…

Mlle Jeanville confirma d'un signe de tête :

– On peut scinder le groupe. Bruno et moi, on accompagne cette moitié de la classe dans cette boutique.

Elle faisait de grands mouvements de bras pour envelopper ceux qui s'agglutinaient toujours devant la vitrine de souvenirs plus classiques.

– Vous deux, vous surveillez ceux-là, d'accord ?

La prof de français et le prof de sport se retrouvèrent responsables des dix énergumènes trépignant d'impatience pour visiter la boutique ésotérique : Justine, Camille et Lisa, bien sûr, mais aussi Emma, Anne-Gaëlle, Sony, Raphaël, Ethan, Tom et Cyprien.

M. Lestat se dirigea vers sa moitié de classe pour empêcher Mathis d'écraser Mohamed contre la vitrine.

– Très bien, soupira Mme Duquette. On se rejoint au pied de la statue du général Jackson dans une heure.

Les élèves, surexcités, disparurent un à un dans la boutique.

– Ne touchez à rien ! rugit M. Choisel en s'engouffrant à leur suite.

3

Une ambiance étrange régnait dans la boutique ésotérique. Les croix, les têtes de mort et autres grigris qui pendaient du plafond couvert de toiles d'araignées rendaient l'endroit lugubre. Il y avait peu de lumière. La source la plus intense venait des lampes en forme de cristaux rouge sang qui éclairaient le comptoir. Les élèves, étouffés par la chape de silence du lieu, se mirent à pouffer en se poussant du coude, et se dispersèrent en désordre dans la boutique.

Cyprien, ballotté par le mouvement de ses camarades de classe, se retrouva projeté contre une étagère où s'alignaient des bocaux emplis d'un liquide verdâtre. Il se raccrocha au meuble pour l'empêcher de tomber. Des globes oculaires de toutes les tailles, allant du petit pois à l'œuf, flottaient à l'intérieur des bocaux qui tintèrent en se cognant les uns aux autres. Le garçon réprima une soudaine envie de vomir en imaginant ces bocaux se briser sur le sol, et les yeux rouler partout dans la boutique. Heureusement, il parvint à stabiliser l'étagère à temps.

Ethan attrapa une grosse bougie noire, la porta près de son nez pour la sentir, et la lâcha aussitôt avec une mine dégoûtée. La bougie roula sur le sol, loin du garçon.

Anne-Gaëlle approcha d'un guéridon où étaient étalées des cartes de tarot divinatoire, une boule de cristal dans son écrin de tissu pourpre et un plateau de Ouija en bois épais. La jeune fille s'intéressa aux attrape-rêves, mais lorsqu'elle voulut en soulever un, elle se rendit compte qu'elle avait emmêlé les autres sans le vouloir. Elle se mit à tirer dans tous les sens pour les séparer. Tout ce qu'elle réussit à faire, c'est casser un fil et laisser échapper une dizaine de petites perles. Mme Duquette s'en aperçut et lui fit les gros yeux. Anne-Gaëlle laissa tout en plan sur le guéridon et s'en alla plus loin en sortant une barre chocolatée pour se remettre de ses émotions.

Emma trouva rapidement les livres de magie. Elle en feuilleta un qui parlait des rituels de protection grâce à la magie blanche et essaya d'en traduire des passages pour évaluer la difficulté de compréhension. Anne-Gaëlle passa près d'elle et désigna un dessin sur le livre :

– Hey, c'est pas des symboles égyptiens, ça ?

– Il y a un socle de culture commune aux… hey ! Enlève tes doigts ! Tu mets du chocolat partout !

– Désolée, marmonna Anne-Gaëlle en s'éloignant.

Emma entreprit de nettoyer la feuille, jusqu'à ce qu'un « crac » s'élève du livre. Les yeux écarquillés de terreur, la première de la classe referma l'ouvrage et le remit en place l'air de rien.

– Le scorpion en pierre noire, murmura-t-elle en cherchant les vitrines de petits objets. Il m'en faut absolument un.

M. Choisel détailla un présentoir de cartes postales qui répertoriaient les Loas, les figures emblématiques du vaudou. Lorsqu'il le fit pivoter, un horrible grincement s'éleva. Le prof de sport tenta de l'atténuer en bloquant d'un coup le présentoir, mais cela fit tomber une poignée de cartes que Mme Duquette piétina sans s'en rendre compte.

Le prof de sport se baissa pour les ramasser. Il rangea les moins abîmées et garda en main l'image du Baron Samedi représenté devant un cimetière, cage thoracique apparente, chapeau haut-de-forme et canne à pommeau en diamant.

– Tu cherches toujours un déguisement pour la fête de fin d'année ? demanda Mme Duquette.

– Un peu trop chic pour moi, répondit le prof de sport en nettoyant la carte salie par les chaussures de sa collègue. Ça irait mieux à Lestat.

– Mouais. Mais lui, il va venir en vampire, je crois. Il n'a quasiment rien à faire pour se déguiser.

Un peu plus loin, Justine avait trouvé les kits pour poupées vaudou.

– Quarante dollars ?! C'est hors de prix !

– N'empêche que la boîte est classe, soupira Lisa en manipulant l'un des coffrets.

Ils étaient en forme de cercueil noir, d'une trentaine de centimètres de long. Dans chacun d'eux, un parchemin roulé indiquait la marche à suivre. Une poupée de tissu, aux yeux en boutons et aux cheveux en paille, était accompagnée par une bougie colorée, un flacon d'huile essentielle et un sachet d'aiguilles à planter.

– Tu payes le contenant, oui, grommela Camille.

– Attends, il y en a d'autres, là !

Tout un pan de mur était couvert des mêmes cercueils fermés. Des étiquettes indiquaient l'usage prévu : pour se protéger, pour contrôler quelqu'un, pour mettre fin à des ragots… mais la majorité concernait l'amour.

Une ombre se glissa derrière Justine qui se retourna aussitôt et sursauta en découvrant une fille à peine plus âgée qu'elle. Sa peau sombre était piquetée de grains de beauté plats qui faisaient ressortir le bombé de ses joues. Les dreadlocks de ses cheveux étaient remontées en un chignon flou dans lequel elle avait piqué quelques plumes. Ses yeux semblaient sonder l'âme des touristes.

– *Can I help you ?* demanda-t-elle d'une voix sèche.

Impressionnées, Justine et ses amies secouèrent la tête très vite. L'adolescente leur adressa une moue contrariée avant de s'éloigner en dérapant sur les perles des attrape-rêves. Elle passa de l'autre côté du comptoir, visiblement agacée par la présence des touristes qui continuaient à soulever les couvercles des boîtes sans les reposer correctement, déplier les tissus avec leurs doigts sales, rire grassement en se moquant des figures emblématiques du vaudou, manipuler de petites figurines…

Cling.

– Oups.

La jeune fille de la boutique bondit vers les objets fragiles pour limiter les dégâts.

– Hé ben, dis donc, elle va bien avec le lieu, elle, murmura Lisa. On dirait qu'elle jette des sorts rien qu'en te regardant !

– Attends, toi aussi tu ne serais pas aimable si tu devais rester là pour travailler, répondit Camille. Si je passais des heures dans cette espèce de grotte, entourée de squelettes, de tas de trucs qui puent, de cercueils et autres joyeusetés, moi aussi j'aurais envie de tuer la première personne que je croiserais !

– Ouais, ben le client est roi. Elle pourrait au moins faire semblant d'être sympa, décida Lisa. Hey ! Tu as vu, Justine ? Le kit pour débutants !

Tout en bas d'une étagère proche, un panier présentait de petits sachets de toile ne contenant qu'une poupée en tissu et un sachet d'aiguilles multicolores.

– Quinze dollars. C'est mieux. Mais vous croyez que ça marche sans les explications et la bougie ?

Camille se tourna vers le comptoir. La fille bizarre s'intéressait maintenant à Ethan, Tom et Raphaël, qui tentaient de toucher un alligator empaillé accroché au mur. Camille profita du fait que la jeune vendeuse l'ignorait pour soulever le couvercle d'un des cercueils, attraper le parchemin et le glisser sous son tee-shirt.

Justine ouvrit de grands yeux inquiets.

– Ça va pas la tête ?

– Relax. Tu paies ta poupée, et moi je t'offre les explications.

– Mais c'est du vol !

– Tout de suite les grands mots, s'amusa Lisa en faisant disparaître une bougie dans son sac à dos. Considère ça comme notre contribution pour résoudre le « problème Raphaël ».

– Vous êtes les meilleures, les filles. Qu'est-ce que je ferais sans vous ?!

*

– J'hésite entre la dent d'alligator en collier ou le petit sac d'ossements divinatoires, expliqua Tom à ses amis. Vous avez vu, il y a carrément une molaire de coyote !

– C'est pas très typique de la région, le coyote, estima Raphaël. Moi, je prends ce talisman. Il est cool.

L'objet en métal argenté, grand comme sa paume, représentait une sorte de croix enflammée entourée de chiffres et de symboles.

– Tu ne sais même pas ce qu'il signifie, lui dit Sony qui passait par là, les mains pleines de petits sacs de grigris estampillés « New Orleans Style ».

L'adolescent haussa les épaules.

– Boarf, les talismans, c'est jamais méchant.

À ce moment-là, la jeune fille de la boutique arriva au niveau des garçons. Raphaël lui montra l'objet :

– *Good ? Is it good ?* bredouilla-t-il avec un accent horrible.

– *Very powerful*, confirma-t-elle avec une voix qui vibrait de puissance. *It can increase your talent if you use it with…*

Elle n'eut pas le temps de terminer sa phrase (que les garçons ne comprenaient pas, de toute façon) : Ethan vint se planter devant elle avec son plus beau sourire :

– *Hello ! My name is Ethan. What's your name* ?

Il avait toujours le même accent depuis l'école primaire. La jeune fille soupira et répondit, très vite :

– *Erzulie*.

– Heur-zou-lia ?

L'attitude de l'adolescente signifia clairement qu'Ethan l'agaçait. Celui-ci continua sa technique de drague, basée sur ses leçons de 6ème déformées par le temps.

– *Do you want to go to the movie ?*

Elle se tourna vers Tom qui tentait maladroitement de prendre un selfie avec l'alligator empaillé.

– *No picture here*, expliqua-t-elle en montrant l'image d'appareil photo barré accrochée au mur. *If you want, I can take one for you*.

Elle désigna un recoin dans la boutique, où un appareil photo sur pied était installé face à un tabouret vide. Sur le côté, deux alligators empaillés, l'un debout, l'autre fixé horizontalement comme s'il allait dévorer la personne assise, promettait des photos typiques sur un fond représentant les marais du bayou.

– *Five bucks*.

– Hein ?

– *Five dollars for one picture*, expliqua à nouveau Erzulie en articulant bien et en ajoutant des indications avec les mains.

Elle détailla le groupe éparpillé dans la boutique. Anne-Gaëlle mettait du chocolat sur les nappes de cérémonie des autels vaudous, Emma dérangeait le classement des figurines de pierre, Tom cassait de petits ossements cachés dans des sacs de toile en les manipulant n'importe comment… Erzulie ravala sa fureur alors qu'une idée lui traversait l'esprit pour éviter que les touristes ne saccagent encore plus sa boutique. Elle approcha du comptoir et lança d'une voix forte :

– *Your attention, please ! If everybody wants a picture with our alligators, I can make a special promotion today : two dollars instead of five !*

– Qu'est-ce qu'elle a dit ? demanda Ethan.

– Une photo avec les alligators pour deux dollars au lieu de cinq, expliqua Mme Duquette. Elle le fait spécialement pour nous, si chacun en prend une.

Le groupe entier s'écria d'une seule voix :

– Oui !!!!

Et se précipita pour faire la queue près du studio photo.

Seule Emma traîna les pieds. Elle n'avait pas trouvé le petit scorpion en pierre noire censé la protéger des alligators mangeurs d'hommes, alors se retrouver entre deux spécimens empaillés ne lui disait rien qui vaille. Mais toute la classe y passait, alors elle devait se plier à l'exercice sous peine d'être traitée de rabat-joie.

Patiemment, Erzulie fit poser les douze touristes les uns après les autres – même Mme Duquette joua le jeu – puis se rendit au comptoir où elle pianota sur un ordinateur. Chacun régla sa photo et ses différents achats. Raphaël passa directement le cordon du talisman autour de son cou. Justine tendit timidement la poupée vaudou la moins chère, avec les aiguilles colorées. Quand vint le tour de Camille, qui dissimulait toujours le parchemin qu'elle avait volé, Erzulie la dévisagea intensément. L'adolescente évita son regard, comme si sa faute se lisait sur son visage.

– *You've got something...*, commença Erzulie en approchant sa main de la jeune Française.

Le cœur de Camille battait à toute allure. Justine se mordit les lèvres, prête à se dénoncer à la place de son amie. Elle allait crier « tout est de ma faute » quand Lisa la retint par le bras.

– ... *just here*, termina la fille de la boutique en retirant quelque chose des cheveux de Camille.

– *Thank you*, bredouilla-t-elle en soupirant de soulagement.

Elle s'éloigna à grands pas. Lisa passa à son tour, très sûre d'elle, même quand elle sortit son portefeuille de son sac à dos tout en dissimulant la bougie volée. Erzulie encaissa le règlement de la photo, lui tendit l'exemplaire imprimé, puis fixa également les cheveux de la grande blonde.

– *You've got it too !* s'exclama-t-elle.

Sans attendre, Erzulie arracha quelque chose sur le haut de la tête de Lisa.

– Aïe !

– *I think it was a spider*, chuchota Erzulie comme une confidence.

Lisa hocha la tête. Elle frissonna à l'idée qu'une araignée lui soit tombée dans les cheveux sans qu'elle s'en aperçoive. Quelle boutique horrible ! Elle détailla les toiles du plafond. Elles étaient tellement épaisses qu'elle avait cru qu'il s'agissait d'une décoration, comme ce qu'ils utilisaient à Halloween. Peut-être pas, finalement.

– Sortons d'ici, ordonna-t-elle à ses amies en les attrapant par les bras.

Cyprien approcha du comptoir avec un flacon d'huile censé repousser le mauvais œil et la malchance, mais, au moment de payer, son pied dérapa sur la bougie oubliée par Ethan. Le garçon partit en arrière. Il lâcha la bouteille qui explosa au sol. Cyprien se rattrapa *in extremis* au premier guéridon venu, faisant tanguer une pile de livres et un crâne rempli de bagues à la place du cerveau.

– Oh non ! Je suis désolé ! Heu… *Sorry* ! déclara-t-il en constatant les dégâts qu'il avait provoqués.

Erzulie pinça les lèvres.

– *Don't worry. I'll clean.*

Mme Duquette tapota l'épaule de Cyprien.

– Allez, si tu as ta photo, tu peux rejoindre les autres.

Mme Duquette s'attarda, le temps d'aider à nettoyer tout en s'excusant pour ses élèves. Elle étala l'huile plus qu'elle ne l'absorba, tandis que la jeune Erzulie poussait des soupirs désespérés.

Dehors, M. Choisel était l'attraction du groupe grâce à sa photo où il avait l'air de boxer les alligators empaillés.

– Trop cool, monsieur !

– Vous n'avez jamais pensé à devenir chasseur d'alligators ?

– À Orléans, je n'aurais pas beaucoup d'avenir ! déclara le prof de sport en riant.

Lorsque Mme Duquette sortit de la boutique, la porte claqua derrière elle. Le guéridon auquel Cyprien s'était accroché s'effondra sous le poids des livres mal équilibrés. Le crâne rempli de bagues roula sur le sol en vomissant son cerveau métallique jusqu'aux pieds d'Erzulie. La jeune vendeuse le ramassa, contenant sa rage face aux dégâts causés par ces sales gosses mal élevés.

– *Bloody tourists.*

4

La moitié de la classe qui avait choisi la boutique plus classique remontait la rue au pas de course.

– On cherche M. Lestat ! s'écria Saphia en arrivant au niveau de ses camarades.

– Vous ne l'avez pas vu ? s'inquiéta Mlle Jeanville.

– Je le croyais avec toi ! répondit Mme Duquette.

– Il a dit avoir oublié quelque chose dans la boutique, expliqua Ulysse, affublé d'une casquette flambant neuve des Pélicans, l'une des meilleures équipes de basket locales.

Toute la classe se mit à dévisager les passants dans la rue.

– Ce n'est pas son genre de disparaître comme ça, murmura M. Choisel. Il va nous rejoindre…

– Et s'il s'était perdu ? demanda Emma.

– Et si…

Les élèves n'osèrent pas évoquer à voix haute leur peur profonde concernant le prof d'histoire : et s'il s'agissait réellement d'un monstre qui n'attendait qu'un retour sur les terres maudites pour révéler sa vraie nature ?

Un souffle de vent froid se mit à tourner autour du groupe. Les adolescents frissonnèrent.

Au même moment, un cri de corbeau résonna au loin. Il ressemblait à un rire.

Après un bon quart d'heure passé à chercher le prof d'histoire près des boutiques, le groupe se résigna à retourner dans le parc.

– Il nous attend sûrement au point de rendez-vous, suggéra Mlle Jeanville qui venait de tomber pour la cinquième fois sur la messagerie vocale du téléphone portable de M. Lestat.

Le vent charriait toujours les cris des corbeaux. Sony poussa Emma du coude en lui montrant le toit d'un club de jazz tout proche. Des volatiles noirs semblaient les observer depuis leur perchoir. Deux d'entre eux s'envolèrent sur quelques mètres pour rejoindre trois autres de leurs congénères. Dès que le groupe d'élèves eut dépassé les oiseaux, les cinq corbeaux décollèrent à l'unisson pour s'agglutiner autour d'une autre bande.

– On dirait qu'ils complotent contre nous, murmura la première de la classe.

Instinctivement, les Français serrèrent les rangs et accélérèrent le pas. Lorsqu'ils arrivèrent en vue de Jackson Square, les grilles en fer forgé noir étaient couvertes de volatiles aux plumes sombres. Un vendeur de hot dogs se retournait nerveusement sur ces spectateurs inquiétants, comme s'ils allaient fondre en masse sur son stand ambulant pour liquider son stock.

Un portraitiste de rue croquait la scène d'un habile coup de crayon. Les ombres qu'il étirait le long de la cathédrale Saint-Louis renforçaient l'impression de fin du monde créée par la présence des corbeaux.

– Ils font flipper, ceux-là, estima Sony. Je préfère les moineaux.

Il désigna du menton un groupe de petits oiseaux bruns qui picoraient en cercle. Quelqu'un avait dû leur jeter des graines ou faire tomber un morceau de pain. L'un des oiseaux releva soudain la tête et se tourna vers les adolescents. Son bec dégoulinait de sang.

– Qu'est-ce que…

– Ah !

Justine plaqua une main devant sa bouche pour ne pas vomir. Lisa et Camille détournèrent les yeux.

M. Choisel se mit à courir en battant des bras pour chasser les moineaux, révélant la proie sur laquelle les oiseaux s'acharnaient : le cadavre d'un écureuil éventré.

– Vous organisez un cours sur la faune locale? demanda la voix grinçante de M. Lestat derrière le groupe des 3ème C.

– Bruno! Enfin! s'exclama Mlle Jeanville.

Sentant les questions de la classe entière, le prof d'histoire résuma :

– J'avais oublié ma pochette dans la boutique. Celle qui contient nos billets d'entrée pour le *Mardi Gras World.*

Il appuya sa déclaration d'un hochement de tête pour ses collègues. Les élèves comprirent aussitôt qu'il dissimulait la vérité mais ne révélerait la véritable raison de sa disparition qu'aux autres professeurs, et loin des jeunes oreilles.

– Ça aurait été dommage de s'en rendre compte cet après-midi, au moment de la visite, déclara M. Choisel pour mettre fin à la tension latente. Tu as bien fait, Bruno. Mais la prochaine fois, garde ton téléphone à portée de main, d'accord?

Tandis que Mme Duquette et Mlle Jeanville guidaient les élèves loin du petit cadavre d'écureuil jusqu'à la pelouse où ils allaient pique-niquer, M. Lestat constatait le nombre d'appels qu'il avait manqués.

– Faut peut-être juste augmenter le volume de la sonnerie, m'sieur, proposa Tom.

– Oui, je crois que je vais faire ça.

Le vent était tombé, entraînant le rire étrange avec lui. La distribution de nourriture suffit à faire oublier les émotions de la matinée, mais lorsque les élèves montèrent dans le traditionnel tram rouge aux fenêtres jaunes pour rejoindre l'entrepôt du *Mardi Gras World,* la nuée de moineaux se reforma dans le ciel. Les 3ème C, bien à l'abri, observèrent le ballet des petits oiseaux carnivores en les pointant du doigt.

– Quand ils volent bas comme ça, c'est signe de pluie à venir, expliqua Mlle Jeanville, très sûre d'elle.

Un corbeau croassa au moment où le tram démarrait. Comme s'il s'agissait du signal qu'ils attendaient, les moineaux plongèrent soudain droit sur le tram.

– Ils nous attaquent ! hurla Anne-Gaëlle.

– Couchez-vous ! ordonna M. Lestat.

Une seconde plus tard, les élèves recroquevillés entendirent une dizaine d'impacts sourds. Quand ils relevèrent la tête, des traces sanguinolentes dégoulinaient le long des vitres, parfois agrémentées de quelques plumes collées par le sang.

Les élèves de 3ème C, tremblants, observèrent les autres passagers du tram. Certains prenaient des photos en riant. D'autres se signaient en embrassant des talismans protecteurs. Une petite vieille secouait la tête en murmurant :

– *Crazy birds.*

Personne n'avait vraiment l'air surpris.

Mme Duquette s'éclaircit la voix.

– Hé bien, hum, ça vous fera quelque chose à raconter en rentrant !

*

Les 3ème C descendirent du tram en désordre, à quelques mètres d'un gigantesque entrepôt à la façade de tôle grise. Ils n'en menaient pas large après l'attaque des oiseaux, mais le ciel dégagé les rassura tous, sauf Emma, qui avait pris la pluie de sang comme un signe divin affirmant que leur voyage scolaire était maudit.

Les professeurs l'ignorèrent et se concentrèrent sur la visite à venir.

– Mardi Gras, et le carnaval d'une manière générale, font partie des traditions ancrées dans le folklore de La Nouvelle-Orléans, expliqua M. Lestat. Des dizaines de bals et de parades ont lieu en début d'année depuis 1857…

– La ville est complètement prise d'assaut à cette période, enchaîna Mlle Jeanville. J'aurais aimé vous emmener voir un défilé, mais il aurait été impossible de trouver un logement à un prix raisonnable… et nous n'aurions pas pu visiter tout ce que nous voulions. Heureusement, ici, on peut découvrir les chars des années précédentes de très près !

La classe se dirigea vers l'énorme tête au sourire figé qui indiquait l'entrée du bâtiment. Les yeux fixes et brillants esquissaient une attitude joviale, mais les dents, trop droites et trop serrées, avaient un côté carnassier qui faisait froid dans le dos.

Les frissons des élèves s'amplifièrent quand ils pénétrèrent dans l'entrepôt : l'excès de climatisation faisait perdre au moins dix degrés par rapport à la température extérieure.

Quelques minutes plus tard, Cyprien se mouchait sans discontinuer alors que la visite guidée commençait. Même le moins motivé des élèves ne pouvait nier l'effet vertigineux que provoquaient les chars géants qui s'élevaient autour d'eux. Des super héros en papier mâché peint de couleurs criardes côtoyaient les traditionnels Arlequins aux imposants chapeaux à grelots. Plus loin, sur des étagères, les têtes des anciens présidents américains surplombaient les silhouettes d'un jazz-band. Dans un français à peine teinté d'un léger accent, la guide expliquait comment les fêtes de Mardi Gras avaient permis de financer une partie de la reconstruction de la ville après l'ouragan Katrina.

Un bateau pirate garni d'un équipage menaçant, sabre entre les dents et canons prêts à tirer, faisait face au plus opulent des jardins féeriques, empli de papillons pailletés d'un bon mètre d'envergure et de fleurs toutes plus extraordinaires les unes que les autres. Les tableaux de contes connus, ou dérivés de films récents, se mêlaient aux animaux grandeur nature et aux divinités antiques. Partout, des feuilles, des fleurs, des vagues géantes encadraient les lourdes structures de parades.

La guide indiqua la statue d'une femme, le buste couvert de colliers aux perles dorées, vertes et violettes :

– Pendant la parade de Mardi Gras, certains hommes masqués offrent ces *beads* aux femmes pour qu'elles leur montrent leur poitrine en échange…

– 'tain, à la boutique, je vais en acheter pour toutes les filles de la classe ! s'exclama Ethan.

– T'es vraiment un abruti, grommela Camille en cachant sa poitrine derrière ses bras.

Anne-Gaëlle l'imita aussitôt.

– Pas pour toi, le Boudin, lui lança Ethan.

L'adolescente mortifiée ne trouva pas comment disparaître à la vue des autres. M. Lestat adressa un claquement de langue à Ethan, qui leva les deux mains pour dire qu'il arrêtait.

– Et les femmes ne protestent pas contre ce genre de pratique douteuse ? interrogea Emma de sa voix pincée.

La guide sourit.

– Il n'y a que des propositions, rien d'obligatoire. Les filles ne sont pas forcées, rassurez-vous ! C'est juste une façon de faire la fête, de participer à l'ambiance légère qui règne dans les rues ! Suivez-moi, nous allons voir la locomotive qui a entièrement été construite ici…

L'ensemble du groupe avança, s'étirant sur plusieurs mètres à la suite de la guide et des professeurs qui prenaient des photos. Anne-Gaëlle resta en arrière. Seul Cyprien s'en aperçut. Il soupira en ralentissant le pas.

– Franchement, si tu laisses des gens comme Ethan te miner le moral…, commença-t-il.

– Fiche-moi la paix.

– Allez, c'est bon, on y va.

– Qu'est-ce que t'as, Cyprien ? C'est Maman Duquette qui t'a demandé de me ramener dans le troupeau des moutons ?

L'adolescent tourna la tête vers la classe qui s'éloignait sans les voir.

– On n'a pas intérêt à se perdre, c'est tout.

Au moment où il prononçait ces mots, un écho étrange résonna dans l'allée. Cyprien leva les yeux vers les énormes têtes en papier mâché qui les fixaient un peu partout. Elles semblaient se moquer d'eux.

Un mouvement dans son champ de vision le fit pivoter d'un coup. Rien.

Anne-Gaëlle, elle aussi, se sentait observée. Comme si on la jugeait. Comme si tous les pantins autour d'eux se délectaient des insultes d'Ethan. Les cautionnaient.

… Boudin…

Anne-Gaëlle se retourna, le souffle court.

– Qui a dit ça ?

Un rire étouffé sembla lui répondre.

– Tu as entendu ? murmura-t-elle à Cyprien.

– Quoi ? demanda le garçon en avalant sa salive.

– Ça venait de… là-bas.

Elle suivit le rire. Cyprien jeta un regard désespéré dans la direction où leur classe avait disparu.

– Allez, on rejoint les autres maintenant ? implora-t-il, en gigotant, comme agité par une soudaine envie pressante.

Mais Anne-Gaëlle ne l'écoutait pas. Elle continuait d'avancer entre deux rangées de têtes alignées. Le bord irrégulier de leur cou blanc, plâtreux, donnait l'impression d'avoir été décapité.

Cyprien crut entendre quelque chose à son tour. Une sorte de froissement d'ailes. Le même qu'au parc. Il pensa aussitôt à la horde de corbeaux qui les avaient suivis à travers les rues du Vieux Carré.

Le cœur battant, il pressa le pas pour rattraper Anne-Gaëlle. Les ombres changeaient, comme si les têtes alignées pivotaient pour les observer. Cyprien jeta un œil par-dessus son épaule, incapable de savoir si son imagination lui jouait des tours. Il essuya ses mains moites sur son tee-shirt.

Anne-Gaëlle approchait d'un char indien. De gros rochers et des cactus ornaient la structure basse. Deux immenses totems entouraient un tipi en dur. Des coyotes aux mâchoires ouvertes encadraient un siège de peau de bison, vide, sans doute réservé à un figurant déguisé en chef indien. Des femmes, représentées en train de danser près d'un feu, décoraient le pourtour du tipi.

Le rire étouffé, à peine plus qu'un souffle de vent, résonna une fois de plus. Anne-Gaëlle aurait juré qu'il venait des femmes sculptées. Leur visage penché se faisait moqueur. Elles étaient si parfaites. Minces dans leur robe claire, la peau dorée, le nez fin, le maquillage impeccable et des bracelets brillants autour de leurs minuscules poignets… Anne-Gaëlle baissa les yeux sur ses avant-bras épais, sur ses doigts boudinés. Elles avaient raison de se moquer d'elle. Ethan avait raison. Toute la classe savait qu'elle était moche. Grosse. Nulle.

Une main se posa sur son épaule. Elle sursauta en se dégageant.

– Viens, ne restons pas là, l'encouragea Cyprien en détaillant les environs avec angoisse.

Soudain, les yeux du garçon s'agrandirent d'horreur.

– Qu'est-ce que…

Anne-Gaëlle chercha à comprendre en pivotant. La statue d'un corbeau noir, plus gros qu'un chien, se tenait à présent sur le siège en peau de bison. La jeune fille cligna des paupières. Ça n'était pas là quelques secondes plus tôt. Elle aurait pu le jurer.

Les deux coyotes fermèrent soudain leur mâchoire dans un même claquement. Un grondement de moteur s'éleva du char. Il démarrait. Les roues amorcèrent un premier tour dans la direction des deux adolescents égarés.

– Cours ! hurla Cyprien.

Anne-Gaëlle obéit sans trop savoir pourquoi. Tout ce qu'elle venait de voir était impossible. Le corbeau n'avait pas pu apparaître comme ça ! Les statues des coyotes ne pouvaient pas bouger leur mâchoire ! Et… le char ne pouvait pas se mettre à rouler ainsi !

Pourtant, le véhicule prenait de la vitesse. Et il fonçait droit sur eux.

5

Cyprien courait beaucoup plus vite qu'Anne-Gaëlle. La jeune fille essoufflée n'en pouvait déjà plus. Et bien sûr, pas une allée transversale où se réfugier pour échapper aux tonnes de métal et de bois qui les avait pris en chasse !

Elle avait les poumons en feu, le cœur serré, la bouche sèche, les jambes en coton… trop de douleurs qui se déclenchaient toutes en même temps. Un dernier ricanement derrière elle la fit renoncer à se battre. Ses foulées ralentirent. Les mains sur la taille, elle se mit à haleter en avançant péniblement.

– Anne-Gaëlle ! hurla Sony au loin.

La voix du délégué attira l'attention de la jeune fille. Cyprien avait réussi à rejoindre la classe dans une allée transversale !

– Grouille !

Le grondement du char tout proche lui redonna une décharge d'adrénaline. Elle se focalisa sur son objectif : les mains tendues de ses camarades de classe.

… Tu ne mérites pas de vivre… murmuraient les Indiennes dans son dos.

Même si elle était d'accord avec elles, Anne-Gaëlle n'avait pas de pulsions suicidaires. Elle poussa son corps au bout de ses limites. Mais déjà, l'ombre des rochers et des cactus recouvrait la sienne.

Elle tendit le bras, accrocha une main. Elle sentit qu'on la tirait sur le côté. Le char la heurta à ce moment-là. Tout son flanc droit irradia de douleur, comme si chacun de ses os avait été broyé d'un coup.

Anne-Gaëlle hurla en s'écroulant. Le char continua sa course jusqu'au mur de l'entrepôt qu'il percuta brutalement, perdant une roue au passage.

Les profs et la guide éloignèrent les autres élèves et s'agglutinèrent autour d'Anne-Gaëlle.

– Ça va ? lui demanda M. Choisel.

– J'ai… mal… souffla-t-elle péniblement.

Le prof de sport tâta son épaule, son bras, puis ses côtes – ce qui arracha un hurlement et des sanglots à la jeune fille.

– Elles sont au moins fêlées, mais sans doute cassées.

Il continua du côté des jambes pour vérifier ses chevilles et ses genoux.

– Tu as eu de la chance, grommela encore M. Choisel. Tu aurais pu te faire écraser !

– Je vous avais dit de rester groupés et de ne toucher à rien, rappela la guide, oscillant entre la colère et le soulagement que ce ne soit pas plus grave.

– Mais on n'a touché à rien ! protesta Cyprien. On s'est perdu ! Et ce machin nous a foncé dessus !

Deux vigiles et un employé du *Mardi Gras World* arrivèrent au pas de course. On leur expliqua rapidement la situation. Ceux-ci commencèrent à s'énerver à leur tour, pointant le char et les dégâts irrémédiables causés à celui-ci. M. Lestat et Mlle Jeanville répondirent sur le même ton – en anglais – en désignant Anne-Gaëlle qui gisait toujours sur le sol.

– Ils parlent de procès et d'avocat, murmura Emma qui comprenait tout.

Camille, Lisa et Justine hochèrent la tête. Voir Anne-Gaëlle dans cet état n'avait rien de réjouissant. La classe allait devoir se traîner un boulet jusqu'à la fin du séjour, maintenant. Pourvu que toutes les excursions ne soient pas annulées à cause d'elle !

Ethan consulta sa montre. Raphaël s'intéressa à son amulette. Tom s'agenouilla avec Sony pour aider Anne-Gaëlle à se redresser.

– Tu es sûre ? lui demandait le délégué.

– Je n'ai… pas besoin d'aller à l'hôpital, décréta Anne-Gaëlle.

Elle prit appui sur ses deux camarades pour se relever. Tom masqua du mieux qu'il put l'effort qu'il devait faire pour supporter son poids.

M. Choisel intervint trop tard :

– Non, non, il ne faut surtout pas la bouger !

– Ça va aller, monsieur, répondit Anne-Gaëlle, livide.

– Tu peux poser le pied par terre ?

La jeune fille essaya, y parvint en serrant les dents, puis hocha la tête.

Le prof de sport se tourna vers ses collègues :

– Ce n'est que fêlé. Je propose qu'on rentre à la pension directement pour qu'elle se repose. Je la conduirai à l'hôpital ce soir si ça ne va pas.

Mme Duquette approuva. Mlle Jeanville utilisa son froncement de sourcils spécial, celui qu'elle réservait aux petits malins qui trichaient pendant les contrôles, contre les vigiles. M. Lestat déclara qu'il allait remplir les documents pour l'assurance pendant que le groupe retournait au car.

– Non, Bruno, je m'en charge, décida la prof d'anglais d'une voix glaciale.

À la tête qu'elle faisait, tous les élèves eurent envie d'apprendre leurs verbes irréguliers une bonne fois pour toutes, histoire de ne jamais la mettre en colère.

Choisel et Lestat prirent le relais de Tom et Sony pour soutenir Anne-Gaëlle le long des allées. Le silence épais qui tomba sur l'entrepôt était presque aussi inquiétant que les murmures et les ricanements.

*

De retour à la pension, les profs installèrent la blessée dans l'infirmerie située au rez-de-chaussée. On y accédait par l'unique pièce de vie décorée d'affiches de jazz et de tableaux d'artistes locaux au-dessus de plusieurs canapés usés. Les propriétaires avaient mis deux dortoirs à la disposition du voyage scolaire : un pour les garçons au premier étage, un pour les filles à l'étage du dessus. Chacun avec une grande salle de bains attenante. Les professeurs partageaient deux chambres doubles au bout du couloir de chaque dortoir. Les repas étaient servis dans le bâtiment mitoyen, qui faisait office d'hôtel-restaurant pour une clientèle plus classique.

Mme Duquette frappa dans ses mains.

– Bon, un peu d'ordre ! cria-t-elle tandis que les adolescents se poussaient pour savoir qui aurait la meilleure place sur le meilleur canapé.

Quand un semblant de silence commença à se faire, la prof de français continua :

– On a tous été bien secoué par la visite d'aujourd'hui, alors maintenant, le programme, c'est douche pour tout le monde. Ensuite, on va manger, puis temps calme dans les dortoirs avant l'extinction des feux. C'est compris ?

Les élèves grommelèrent. Ils avaient envie de faire la fête, sortir voir la ville de nuit, profiter de leur impression de liberté pour s'amuser sans leurs parents…

– Allez, si vous êtes sages, on fera une grande veillée vendredi.

La promesse paraissait bien maigre, mais la plupart des élèves s'en contentèrent.

Alors qu'il montait les escaliers, Ethan eut un geste d'humeur.

– 'tain ! Pour une fois que ma mère n'est pas sur mon dos ! On ne peut même pas rigoler !

– C'est clair que ça doit te changer, plaisanta Raphaël. Tu crois que tu sauras te border tout seul ?

La mère d'Ethan les avait accompagnés à chaque sortie scolaire depuis la maternelle. Y compris quand la présence de parents n'était pas nécessaire pour encadrer la classe. Cette fois encore, elle avait tenté de s'imposer mais les profs avaient tenu bon. Même lorsqu'elle argumentait sur le fait qu'elle payait son hébergement et son billet d'avion, et qu'une personne de plus ne serait pas de trop pour gérer ces adolescents en vadrouille à l'autre bout du monde, Mlle Jeanville avait répliqué qu'un tel voyage scolaire était bien plus formateur sans les parents. Tout le projet pédagogique consistait à faire gagner de l'autonomie aux adolescents qui entreraient au lycée l'année suivante. Imparable.

– Hey, Raph, combien tu paries que la mère d'Ethan a pris une chambre dans l'hôtel d'à côté pour le surveiller en douce ? gloussa Tom.

– Déconne pas ! s'étrangla l'adolescent concerné. Je vais en faire des cauchemars !

Quelques marches plus bas, les filles avaient hâte de rejoindre leur dortoir.

– Prem's à la douche ! annonça Lisa en se passant la main dans ses longs cheveux blonds pour chasser des toiles d'araignées imaginaires.

Depuis leur visite à la boutique ésotérique, elle avait lutté tout l'après-midi contre l'impression que des insectes lui grouillaient sur la tête.

– Pas besoin de prendre un ticket, répondit Emma d'un ton pincé. Il y a cinq douches…

– Ouais, ben je fais partie du premier tour, si ça ne dérange personne !

Son attitude supérieure ne laissait pas vraiment d'ouverture pour protester. La plupart des filles de sa classe haussèrent les épaules, renonçant d'avance.

– Moi, je ne suis pas pressée, déclara Justine.

Elle comptait se pencher sur le parchemin pour détailler les instructions de son rituel vaudou. Elle n'avait pas vraiment eu l'occasion de le faire avant : le tram n'était pas l'endroit le plus discret pour ça.

– Tu vas t'occuper de ta poupée ce soir ? lui chuchota Camille.

– Si j'ai tout ce qu'il faut, confirma Justine à voix basse.

Elle jeta un coup d'œil à Raphaël lorsqu'il disparut derrière la porte de l'étage des garçons. Elle le trouva tellement beau que son ventre se contracta. Puis son cœur se serra de tristesse.

Mme Duquette et Mlle Jeanville pénétrèrent dans le dortoir des filles à leur suite pour vérifier qu'elles ne mettaient pas deux heures à partir se doucher. Lisa fouilla dans sa valise pour sortir sa serviette et ses affaires de rechange. Mariko, Rhimen, Saphia et Emma l'imitèrent tandis que Camille et Justine s'asseyaient sur le lit de cette dernière, prêtes à dérouler le parchemin dès que les profs s'en iraient.

Lisa tourna la poignée de la porte de la salle de bains. Au moment où elle glissait sa main en direction de l'interrupteur, quelque chose frôla ses doigts. Quelque chose de froid. À la carapace dure. Et aux antennes qui lui chatouillaient la peau.

– Qu'est-ce qu'il y…

Les néons clignotèrent. Chaque éclair lumineux révélait des dizaines d'insectes accrochés au carrelage de la salle de bain. Les carapaces noires des cafards côtoyaient les antennes des criquets et les énormes araignées-loups au corps couvert de poils gris. La plus petite mesurait la taille d'un poing.

Lisa hurla en lâchant ses affaires lorsque la lumière se stabilisa enfin. Les autres filles se mirent à pousser des cris, elles aussi. Comme si elles avaient attendu ce signal, les bêtes se précipitèrent vers la porte pour sortir. Emma eut le réflexe de refermer, mais trop tard : une blatte brun clair couvrait déjà la poignée.

Lisa se mit à courir partout en criant à s'en casser les cordes vocales. Camille et Justine se dressèrent sur le lit, serrées dans les bras l'une de l'autre.

Mme Duquette se précipita pour écarter Mariko, pétrifiée de terreur, alors qu'un vers immonde allait lui tomber dessus. Une araignée translucide descendit lentement le long d'un fil jusqu'au cou de Mme Duquette. Celle-ci ne sentit rien, même quand l'arachnide la mordit.

– Ma… Ma… Madaaaaame ! s'écria Mariko en désignant l'araignée dans le cou de sa prof.

Mme Duquette ne se posa pas de question : elle plaqua sa main là où son élève regardait, arracha ce qui s'accrochait profondément à sa peau et lança la bête contre le mur de toutes ses forces. L'araignée se réceptionna sur ses pattes et se mit à grimper en direction du plafond où tournaient lentement les pales d'un ventilateur qui servait de luminaire. Des araignées-loups, à l'abdomen gonflé et aux longues pattes velues, prenaient place sur le promontoire en mouvement.

Le flot d'insectes qui sortait de la salle de bains ne semblait pas se tarir. Blattes, cafards, grillons et vers gras formaient un tapis sombre qui rampait, bondissait ou grimpait le long des meubles. Les filles montèrent sur les lits pour éviter ce sol grouillant. Mlle Jeanville frappa du pied pour essayer d'écraser un maximum d'insectes, mais, pour une bête tuée, cinq revenaient aussitôt à l'assaut.

– Sortez ! hurla la prof d'anglais en faisant signe de se diriger vers les escaliers.

Les élèves les plus lucides passèrent d'un lit à l'autre pour s'éloigner au plus vite de la menace. Les araignées-loups se laissaient tomber depuis les pales du ventilateur dans toutes les directions. L'une d'elles toucha Lisa à l'épaule. La grande blonde, hystérique, bondit sur le lit le plus proche pour s'en défaire. Dans sa panique, sa tête heurta le plafonnier au-dessus d'elle. Ses cheveux s'emmêlèrent dans les pales. La jeune fille s'écroula, entraînant le ventilateur et quelques morceaux de plâtre dans sa chute.

– Lisa ! cria Justine.

– Sortez de là ! ordonna Mme Duquette en empoignant le bras des deux filles qui restaient dans le dortoir.

Le lit que Justine et Camille quittèrent se couvrit aussitôt d'une épaisse masse mouvante. Deux araignées translucides, cachées dans la masse noire des cafards, réussirent à atteindre les chevilles de la prof de français et mordirent de toutes leurs forces. Les jambes de Mme Duquette ployèrent sous la décharge de douleur. Elle se retrouva à genoux au milieu des insectes qui lui grimpaient le long des bras. Elle ferma la bouche de toutes ses forces pour qu'aucun ne songe à s'aventurer par-là. Une araignée profita de la diversion des grillons sur les bras de la prof de français pour s'accrocher à sa ceinture et l'attaquer au niveau du ventre. Les yeux pleins de larmes, la femme se tourna vers l'entrée du dortoir où M. Choisel apparut, un extincteur à la main. Le prof de sport prit la mesure de la situation en une seconde et se mit à écraser les insectes avec son arme improvisée pour rejoindre la prof de français. Il dégagea les bestioles accrochées à sa collègue, puis actionna le percuteur et pulvérisa de la mousse sur les envahisseurs grouillants. Crispées sur leurs longues pattes épaisses, les araignées-loups reculèrent, bientôt suivies par les blattes et les cafards. Les grillons s'envolèrent le long des murs mais les vers restèrent englués dans la mousse de l'extincteur.

M. Lestat arriva en renfort, armé d'un second extincteur. À eux deux, ils réussirent à repousser la menace grouillante jusqu'à la salle de bains et à barricader la porte. Les insectes retardataires furent écrasés sans pitié.

Mme Duquette se releva en se tenant le ventre. Des boutons gonflaient déjà au niveau de son cou et de ses chevilles.

– Ça va, Diane ? s'inquiéta le prof de sport.

La prof de français considéra le dortoir couvert de mousse et de cadavres d'insectes sans réaliser ce qui venait de se passer. Les grattements contre la porte de la salle de bains l'électrisèrent.

– Je…

Elle vit soudain les jambes de Lisa, qui dépassaient du lit où elle était tombée.

– Oh mon dieu !

Les trois professeurs se précipitèrent. Lestat dégagea le ventilateur et Choisel, les morceaux de plâtre. Lisa ouvrit péniblement les paupières en gémissant. Une épaisse flaque de sang empoissait ses cheveux. Un large halo sombre imprégnait la moquette autour de la jeune fille.

6

– Hauts les cœurs ! Il fait beau, les oiseaux chantent, et un superbe *steamboat* nous attend pour nous faire naviguer sur le Mississippi !

Mlle Jeanville en faisait trop. Rien que son sourire jusqu'aux oreilles et la façon dont elle agitait les mains de chaque côté de sa tête prouvaient qu'elle forçait sa joie. Les 3ème C la dévisagèrent, la mine maussade. Après « l'incident » de la veille, les filles avaient dû dormir sur les canapés, les tapis de la partie commune ou à l'infirmerie dans les lits disponibles après le transport de Lisa. Leur visage marqué de cernes et leurs cheveux emmêlés révélaient l'ampleur de leur mauvaise nuit. Il y avait eu le défilé des médecins, puis du propriétaire des lieux jusqu'à une heure avancée, et, une fois le calme revenu, le silence angoissant de cette maison maudite. Plus d'une élève s'était réveillée en sursaut pendant un cauchemar.

Les garçons avaient meilleure allure, mais ils paraissaient aussi inquiets et fatigués. Ils avaient mal dormi, guettant le moindre grattement dans la pension, la moindre lueur suspecte, le moindre grincement de plancher. Ils avaient insisté pour que les profs inspectent leur salle de bains avant d'oser y poser un orteil mais, malgré cela, la peur que les insectes enfermés à l'étage au-dessus ne se glissent dans les tuyaux d'aération jusqu'à leur dortoir leur nouait le ventre.

À six heures du matin, le propriétaire était revenu avec des spécialistes. De quoi ? Les adolescents l'ignoraient. Toujours est-il qu'à huit heures, la salle de bains des filles était débarrassée des bestioles encore vivantes, et toute la mousse des extincteurs avait disparu de la moquette du dortoir. Plus aucun cadavre d'insecte en vue nulle part.

– *OK ! Let's go, girls !*

La prof d'anglais désigna l'escalier. Les filles devaient affronter leur peur pour se laver et s'habiller avant de partir.

– Il n'y a pas moyen que je remonte là-haut, décréta Rhimen en secouant la tête. Rien à faire de puer jusqu'à la fin du séjour.

Justine, elle, était partagée entre sa peur et l'envie

de retrouver ses affaires. Sa poupée vaudou, le parchemin du rituel et la bougie étaient encore près de son lit quand la jeune fille avait fui la veille. Tout ce qu'elle craignait, c'est que les araignées, la mousse des extincteurs ou les produits utilisés par les spécialistes n'aient fait disparaître ses précieux objets.

– J'y vais, annonça-t-elle.

– « Porter les mêmes vêtements deux jours de suite ? », l'imita Ethan en minaudant. « Mais t'es folle, ma parole ! »

Il récolta les rires de Raphaël et Tom. Justine leur lança un regard noir – surtout à son ex – puis avança à grandes enjambées vers l'escalier. Elle fut vite rejointe par Camille.

– Je vais descendre les affaires de Lisa, expliqua cette dernière.

Voir leur amie, le crâne enveloppé de bandages, dans son lit à l'infirmerie la remuait vraiment. Heureusement, les médecins n'avaient pas jugé utile de conduire Lisa à l'hôpital « tant que sa situation ne s'aggrave pas ».

– Attendez. Je passe devant.

Mme Duquette semblait la plus touchée par l'attaque. Les compresses qui dissimulaient les boutons étaient si bombées que le volume des cloques en était choquant. Mais au moins, les élèves ne grimaçaient pas à la vue de la peau jaune cireux de leur prof de français. Ses chevilles, monstrueuses, étaient entièrement bandées. Les boutons qui enflaient encore faisaient boitiller Mme Duquette quand elle marchait. Elle s'appuya sur la rampe pour précéder les filles jusqu'au dortoir.

– Ça va aller, madame ? demanda Emma. Vous restez à l'infirmerie, vous aussi ?

Il avait été convenu qu'Anne-Gaëlle et Lisa seraient sous la surveillance de la femme du propriétaire tandis que les autres élèves continueraient leur programme touristique.

– Ce ne sont pas quelques boutons qui vont m'arrêter, sourit la prof de français, qui semblait soudain bien plus forte que ce que les ados imaginaient.

Elle entra la première dans le dortoir, inspecta sous les lits et s'assura que la salle de bains était bel et bien vide. Les filles attendirent son feu vert.

– Allez, faites vite. On va être en retard sur notre programme.

Justine fila jusqu'à sa valise. Tout semblait intact. Elle plongea sa main pour sortir ses affaires de rechange, jeta un œil à la prof et déplia le parchemin en douce. Une longue scolopendre, cachée à l'intérieur, lui provoqua un sursaut qu'elle masqua tant bien que mal pour ne pas attirer l'attention des autres. Justine secoua la feuille pour se débarrasser de l'insecte. La scolopendre alla se dissimuler dans l'angle de la pièce. Combien d'autres se fondaient ainsi dans le décor ? Justine déglutit en chassant sa peur. Elle se concentra sur le parchemin.

Son anglais n'était pas aussi bon que celui d'Emma, mais elle se débrouillait assez pour comprendre la base du rituel : avant tout, elle devait accrocher quelque chose de personnel appartenant à Raphaël sur sa poupée vaudou pour lier les deux.

« Un morceau de vêtement, un bijou, une mèche de cheveux… ou même une photo le représentant », traduisit-elle mentalement.

Elle pensa aussitôt à lui subtiliser le talisman neuf qu'il avait montré à toute la classe la veille, mais sut d'avance que ce serait impossible. Idem pour la mèche de cheveux : ils ne s'étaient pas trouvés à moins de deux mètres l'un de l'autre depuis qu'ils étaient montés dans l'avion.

– Photo ou vêtement, murmura-t-elle.

Elle n'eut pas le temps de réfléchir davantage, Mme Duquette approchait :

– C'est bon, Justine, tu y vas ?

– Oui, madame.

Elle planqua la poupée vaudou et ses accessoires sous un pull et fila à la douche.

*

– Ah, le Mississippi ! déclara Mlle Jeanville en inspirant profondément.

À part quelques relents de vase et de terre humide, la rivière s'effaçait derrière l'odeur de la ville. Les élèves avaient longé le cours d'eau la veille en quittant Jackson Square, mais ils n'avaient pas encore eu l'occasion de contempler toute l'étendue du fleuve.

– C'est plus large que la Loire, estima Tom qui aimait flâner avec ses parents sur les quais le week-end.

– Aux States, tout est plus grand ! répliqua Raphaël en montrant l'immense pont métallique à l'horizon et les buildings du bout de la rue.

La classe se massait sur un embarcadère couvert avec d'autres touristes de toutes nationalités. Un drapeau américain flottait en haut d'un mat. Des affiches de jazz promettaient un divertissement à bord du bateau pendant les deux heures de croisière sur le Mississippi.

Camille prenait des photos pour Lisa avec son téléphone portable.

– Dommage qu'on ne puisse pas lui envoyer tout de suite, soupira-t-elle à l'attention de Justine. Comme ça, elle serait un peu avec nous.

– On lui montrera ce soir, répondit la petite brune d'un air absent.

Elle cherchait Raphaël du regard, aussi discrètement que possible.

Cyprien se penchait au-dessus de l'eau presque noire. Il lui semblait distinguer du mouvement sous les piliers de l'embarcadère. Après la perte de contrôle du char, l'attaque suicide des moineaux carnivores et la colonie d'insectes, il se demandait avec appréhension ce que leur réservait cette seconde journée de visite. Même s'il n'y était pour rien, il en venait à croire ce que disaient les autres sur sa capacité à attirer la malchance. Et si tout ça était de sa faute ? Sa poisse légendaire le rattraperait-elle ? Ferait-il partie des prochains résidents de l'infirmerie ?

– Emma a peut-être raison, murmura-t-il, inquiet.

Il adressa une supplique à tous les dieux possibles et imaginables :

– S'il vous plaît, faites que ça s'arrête.

Sony approcha et vint s'accouder à la rambarde à côté de lui.

– Quelque chose d'intéressant ?

Un petit animal à la fourrure mouillée apparut rapidement entre deux vagues.

– Là !

On aurait dit une sorte de marmotte. Ou un castor à la queue fine.

– C'est un ragondin, leur dit M. Lestat. Vous n'en avez jamais vu ?

– Moi, si, confirma Tom. Mais jamais de si gros.

– Cherche pas, ils sont obèses, ici, se moqua Ethan. Trop de fast-food.

M. Lestat se mit à rire.

– Pourtant, ce sont des animaux herbivores !

Un craquement, comme si un animal venait de croquer dans une carotte, s'éleva un peu plus loin. Les observateurs se penchèrent et le prof d'histoire indiqua :

– Là, vous voyez ? Un autre ragondin a dû faire une réserve de maïs ou de légu…

Il s'arrêta net. Le rongeur en question tenait un petit oiseau entre ses pattes. Et c'était ses coups de dent contre les os qui provoquaient ce bruit. Le sang dégoulinait sur la fourrure de l'animal. Son congénère sortit de l'eau et vint lui disputer le cadavre décharné de l'oiseau.

– Qu'est-ce qu'ils ont, les animaux, ici ? demanda

Tom, inquiet. D'abord les moineaux qui s'attaquent à un écureuil, et maintenant les ragondins qui deviennent carnivores... Ce n'est pas normal.

Emma hocha vigoureusement la tête :

– Il paraît que lorsqu'il y a eu l'ouragan Katrina, du pétrole et d'autres produits ont été répandus et ont touché les animaux. Certains sont devenus fous. Ils s'attaquent entre eux, ou s'en prennent aux humains sans raison. Le plus doux des herbivores peut dévorer son voisin. Alors imaginez ce que ça a fait au cerveau des alligators...

– Ça suffit, Emma, la reprit Mlle Jeanville d'un ton sévère. Je ne sais pas sur quel site Internet tu es allée traîner avant de partir, mais ce que tu dis ressemble beaucoup à un hoax qu'il faudrait vérifier au lieu de propager.

La première de la classe était sûre d'elle, mais elle n'aimait pas se faire sermonner. Elle serra les lèvres d'un air pincé pour éviter de répondre à la prof d'anglais.

Celle-ci continua en s'adressant à l'ensemble de la classe :

– Vous allez bientôt voir le bateau ! C'est un véritable *steamboat*, vous savez, un bateau à vapeur avec la roue à aubes qui tourne à l'arrière...

– Comme dans les films ? s'exclama Xian.

– Tout à fait. C'est son fond plat qui lui permet de naviguer sur le fleuve et… Ah ! Tenez… Le voilà !

En effet, un énorme bateau blanc de trois étages, avec une grosse roue à aubes rouge à l'arrière, manœuvrait à l'horizon. Ses nombreux mâts couverts de drapeaux entouraient deux cheminées qui créaient d'épais nuages. Ceux-ci se raréfièrent à mesure que le bateau perdait de la vitesse en approchant de l'embarcadère. Quelques notes de jazz s'élevaient déjà dans l'air. L'excitation des touristes était palpable.

Vingt minutes plus tard, les élèves, accoudés aux barrières blanches soulignées de rouge, laissaient le paysage défiler sans ressentir toute la magie à laquelle ils s'attendaient. Les berges étaient désespérément grises. Des entrepôts succédaient à des docks. Quelques bâtiments délabrés par le passage des ouragans n'avaient pas été reconstruits. La musique était sympa, mais la promenade n'était pas à la hauteur de ses promesses.

Du coup, l'imagination des élèves se reportait sur les événements de la veille.

– Ben moi, je suis bien content de m'être acheté un talisman protecteur, lança Raphaël en le montrant une fois de plus.

– Ça va, Raph, tu ne vas pas nous gonfler avec ça encore une fois !

– N'empêche que *moi*, je n'ai ni été percuté par un char, ni bouffé par des araignées.

– Ouais, ben t'étais quand même dans le tram quand les moineaux se sont jetés dessus !

– Ouais !

– Pis ton médaillon, là, il me fout les chocottes, décréta Mathis.

– Moi aussi.

– Pfff, vous rigolerez moins quand le prochain truc arrivera et que je ne serai pas touché.

– Alors toi aussi, tu penses que ce n'est pas terminé, constata Emma qui n'avait cessé de répéter qu'un grand danger les attendait tous.

– Pourquoi tu crois que j'ai acheté ce talisman, hein ? T'es pas la seule à avoir fait des recherches avant de partir, figure-toi.

– Vous croyez vraiment que notre voyage scolaire est maudit ? demanda Rhimen d'une petite voix. Mais qui aurait fait ça ?

Raphaël se redressa en sentant que tout le monde l'écoutait.

– Le Corbeau.

– M. Lestat ? Mais pourquoi ?

– On n'a pas été sympa cette année avec lui, avec l'histoire de la pétition et tout. S'il y a bien quelqu'un qui voudrait se venger de notre classe, c'est lui.

– Possible.

– Et puis, continua Raphaël, vous avez remarqué comme il est bizarre depuis qu'on est arrivé ici ?

– C'est ridicule, décréta Justine en s'opposant à la théorie de son ex. D'abord, il est tout le temps bizarre. Ce n'est pas parce qu'on est sur le sol américain que ça doit changer. Ensuite, comment Lestat aurait placé autant d'araignées et de cafards dans notre salle de bains, hein ? Et pourquoi il aurait aidé à s'en débarrasser ?

Elle n'avait pas tort. Cela replongea les 3ème C dans leurs réflexions. Au bout d'un moment, Raphaël reprit la parole :

– Seconde théorie. Tout est la faute de Cyprien-La-Poisse.

– Hey, j'ai rien fait !

– T'étais là quand la Grosse a eu son accident, accusa Ethan en se rapprochant de Cyprien.

– Mais c'est pas ma faute !

– Ah ouais ? T'en es sûr ?

– Et les insectes, bredouilla le garçon pour se défendre. Comment j'aurais fait, hein ? Ch'uis pas magicien !

– T'as peut-être acheté un truc dans la boutique ésotérique hier. Une flûte pour appeler les bestioles ? Ouais, ça doit être ça. Parce que j'ai entendu un drôle de sifflement tout l'après-midi…

– Comme si le vent riait ? demanda Cyprien, paniqué.

Le visage d'Ethan devint blême. Mais il était hors de question qu'il révèle la moindre faiblesse devant les autres.

– Tu viens de te trahir tout seul !

Il empoigna Cyprien par le col et la ceinture puis le souleva du sol.

– Si je te passe par-dessus bord, tu crois qu'on sera enfin tranquille ?

– Non ! Non ! Arrête !

– Ethan, laisse-le, commanda Sony.

– Allez, c'est pour le bien de la classe ! Hein, Emma, c'est bien toi qui as dit qu'il n'aurait jamais dû venir ?

La brute soulevait sa victime au-dessus de la rambarde. La première de la classe se tordait les mains, incapable d'intervenir. Bien sûr qu'elle pensait que Cyprien attirait le mauvais œil sur le voyage, mais ce n'était pas une raison pour s'en débarrasser comme ça !

Mariko courut chercher les profs.

– Ethan ! Pose-le immédiatement ! rugit M. Choisel.

L'adolescent obéit en haussant les épaules.

– J'allais pas le faire, monsieur. C'était juste pour s'amuser.

– Eh bien je ne trouve pas ça drôle. Viens avec moi.

Ethan traîna les pieds en suivant le prof de sport qui l'obligea à s'asseoir à l'écart jusqu'à ce qu'il se calme. Pendant ce temps, Cyprien essuyait son nez, qui s'était mis à saigner sous l'effet de la peur. Une chance qu'il n'ait pas souillé son pantalon au passage.

– Oh, mon pauvre ! s'exclama Mme Duquette. Viens avec moi, on va nettoyer ça.

Humilié, autant par Ethan que par l'attitude infantilisante de la prof de français, Cyprien quitta les autres la tête basse.

Plus personne n'osa parler des événements de la veille.

Justine réalisa que Raphaël se tenait juste à côté d'elle. Elle pouvait sentir sa chaleur. Elle n'avait qu'à bouger la main pour toucher la sienne.

La douleur d'avoir été larguée affermit sa résolution à se venger. Elle pivota d'un coup vers le garçon.

– Dis-moi, tu te souviens des photos qu'on avait faites le mois dernier ?

Il n'y avait pas de connivence dans sa voix. Juste de la colère contenue.

Raphaël s'en souvenait, bien sûr. Il l'avait prise sur ses genoux pour la serrer contre lui dans le photomaton de la galerie marchande près du collège. Il avait fait durer le plaisir le plus possible, utilisant tous les essais disponibles pour s'immortaliser en train d'embrasser Justine à pleine bouche, glissant ses mains sous son tee-shirt aussi loin qu'elle le lui permettait. Bien plus excitant qu'un classique selfie pris à bout de bras sur un bête banc du parc.

Il fit mine de réfléchir.

– Oui, je vois.

Justine tendit la main, paume ouverte.

– Je veux les récupérer.

– Quoi ? Non ! Je les garde !

La réaction outrée du garçon révélait à quel point il y tenait. Justine étouffa la minuscule lueur d'espoir, la petite voix qui lui soufflait que, s'il ne voulait pas se séparer des photos, c'est qu'il pensait toujours à elle et que toute leur relation n'avait pas été la passade qu'il avait essayé de lui faire croire lors de leur rupture.

– J'aime conserver des souvenirs de mes conquêtes, se rattrapa Raphaël en souriant cruellement. Ça m'aide à ne pas perdre le compte.

Le salaud.

Justine insista.

– Tu les donnes maintenant ou je te jure que plus aucune fille d'Orléans ne posera les yeux sur toi sans se mettre à rire.

Son ton ne laissait pas place à la discussion. Raphaël abdiqua. Il sortit son portefeuille, retira les photos qu'il gardait toujours sur lui et les déposa dans la paume de Justine avec un pincement au cœur.

7

La journée passée à l'extérieur, au soleil, à naviguer au fil de l'eau, apaisa les angoisses causées par la nuit précédente. L'attaque des insectes ne semblait être qu'un cauchemar lointain, presque oublié. Sauf pour Mme Duquette, dont les boutons enflèrent encore. Celui de son cou débordait des deux compresses accolées l'une à l'autre. Et ceux de ses chevilles, aussi gros qu'un poing, l'empêchaient maintenant de marcher. Elle accueillit le retour à la pension comme une bénédiction et alla tout de suite s'allonger à l'infirmerie.

Après un repas typique du pays cajun, où leurs hôtes leur firent goûter un jambalaya garni de crevettes épicées, les élèves furent envoyés dans leurs dortoirs pour la nuit. Les garçons improvisèrent une partie de foot avec des chaussettes roulées en boule en guise de ballon jusqu'à ce que M. Choisel intervienne pour qu'ils se calment et qu'ils aillent se coucher. Ils obéirent de mauvaise grâce.

À l'étage du dessus, les filles, tendues, reprirent possession de leur dortoir. Mlle Jeanville les laissa discuter par petits groupes avant de demander d'éteindre les lumières : ses élèves accepteraient mal d'être plongées dans l'obscurité totale à l'endroit même où elles s'étaient fait attaquer la veille.

– Alors ? Tu vas le faire ? murmura Camille à Justine en se glissant dans ses draps.

– Oui, confirma son amie. J'ai tout ce qu'il me faut. J'attends juste que les autres dorment.

– Tu voudras que je vienne avec toi ?

– Non… Je dois agir seule. Il faut que je me concentre. Je ne veux pas faire le rituel de travers, tu vois.

Camille gloussa.

– T'y crois à fond, ma parole !

– Franchement, je ne sais pas si c'est une arnaque ou si ça va vraiment le faire souffrir… Imagine que ça fonctionne trop bien et que je le tue sans le faire exprès ? Je ne suis pas cruelle à ce point.

– Ils ne mettraient pas quelque chose capable de tuer à disposition de n'importe qui dans une boutique ésotérique, estima Camille.

Justine lui adressa un regard incrédule.

– On est aux États-Unis. Le pays où les armes à feu sont en libre-service.

Camille leva les mains en signe d'innocence.

– OK, je te laisse dans ton délire. Bonne chance avec ton rituel, alors.

Justine fixa le plafond, même quand Mlle Jeanville éteignit la lumière en leur souhaitant bonne nuit. Les mains derrière la tête, la petite brune écoutait les respirations de ses camarades. Elle pensait à Raphaël. À ce qu'ils avaient vécu ensemble. À cette rupture, qu'elle n'avait pas vu venir, tellement elle se sentait bien avec lui. À l'attitude puante qu'il avait avec elle depuis. Comment avait-elle pu être aveugle au point de ne pas se rendre compte du salaud qu'il était ? Pourquoi avait-il fait semblant tout ce temps ? Et ses baisers ? Étaient-ils sincères au moins ? Ou se servait-il d'elle pour rire derrière son dos avec ses amis ?

Elle lui en voulait autant qu'elle l'aimait.

Dès que les respirations se rapprochèrent de ronflements, Justine se redressa dans son lit. Le sommier grinça quand elle posa pied à terre. Elle retint son souffle. Camille se retourna, puis le calme revint dans le dortoir.

Justine attrapa son pull dans sa valise. Il formait un paquet autour du matériel nécessaire au rituel vaudou.

Elle sortit la bougie, gratta une allumette prise dans les pochettes mises à disposition des clients à l'entrée du restaurant et avança prudemment jusqu'à la salle de bains. Elle se dirigea à la lueur de la flamme vers un espace dégagé entre les cabines de douches et les lavabos.

Elle s'agenouilla sur le carrelage glacé, fit couler un peu de cire et fixa sa bougie au sol. Son cœur battait déjà très fort dans sa poitrine. Ce qu'elle avait dit à Camille était vrai : elle avait la trouille que ça tourne mal. Elle souffla pour se calmer, mais cela fit vaciller sa flamme. Et, bien sûr, elle avait laissé les allumettes à côté de son lit. L'idée de se retrouver dans le noir complet la pétrifia de terreur. Et, soudain, elle faillit éclater de rire. Elle était en train de tenter un rituel vaudou, en pleine nuit, assise par terre près des toilettes, pour se venger du crétin qui avait osé la plaquer ! Si Camille ou Lisa s'étaient trouvées à sa place, elle se serait bien moquée d'elles.

Elle se reprit. Soit c'était un jeu – auquel cas ce qu'elle était en train de faire serait juste une expérience rigolote qu'elle pourrait raconter aux copines, soit la magie du vaudou opérait, et il y aurait des conséquences pour Raphaël. Autant le faire sérieusement. Juste au cas où.

Justine déplia le pull. La poupée vaudou était là, toujours aussi anonyme que lorsqu'elle l'avait achetée dans la boutique ésotérique. À côté, le petit sachet d'aiguilles était intact, lui aussi. Elle lut une dernière fois le parchemin, puis ouvrit sa trousse de toilette pour en sortir ses ciseaux à ongles et les photos d'elle et Raphaël. Elle découpa consciencieusement le visage de son ex, si souriant à l'époque.

Salaud. Menteur. Idiot.

Elle attrapa la poupée vaudou, posa la photo à la place du visage et la fit tenir avec un tour de corde autour du menton, et un autour du front. Le parchemin disait qu'il fallait répéter trois fois le prénom de la personne concernée en la tenant bien face à soi et en se concentrant au maximum.

Justine fit le vide dans son esprit, leva la poupée et plongea son regard dans celui de son ex.

– Raphaël. Raphaël. Raphaël.

Un léger souffle fit vaciller une nouvelle fois la flamme de la bougie.

Justine ouvrit le sachet d'épingles d'une main tremblante. Elle sentait l'énergie du moment. La magie. Alors, ça marchait vraiment ?

Elle hésita. Quelle couleur utiliser ? Est-ce que ça changerait quelque chose ?

Chaque épingle avait une tête ronde et brillante. Rouge, bleu, gris, vert, jaune, marron, orange, noir, blanc et violet. Dix aiguillons de torture pour se venger de Raphaël.

Justine se retint de toutes les planter d'un coup dans le cœur du garçon. Elle devait agir progressivement. D'abord une ou deux, pour voir. Et demain soir, elle en ajouterait d'autres si ça ne suffisait pas.

La jeune fille hésita entre l'aiguille noire et la blanche. Finalement, elle trancha en choisissant la grise, qu'elle passa au-dessus de la flamme de la bougie. Puis elle murmura :

– Parce que tu m'as fait souffrir.

Elle enfonça l'épingle au milieu du ventre du garçon.

Justine tendit l'oreille. Comme si Raphaël allait se mettre à hurler au même moment, transpercé de douleur. Mais seul le silence lui répondit.

Elle sortit l'épingle à tête rouge et la chauffa à son tour.

– Parce que tu n'aurais pas dû me quitter.

D'une main tremblante, elle piqua en plein cœur.

*

Dans le dortoir des garçons, Raphaël se tournait et se retournait dans son lit en se maudissant pour avoir repris deux fois du jambalaya. Il se sentait fiévreux. Son ventre l'élançait.

Plié en deux par la douleur, il sauta à bas de son lit, courut jusqu'à la salle de bains et s'enferma aux toilettes.

*

Un autre garçon se redressa. Cyprien repoussa ses draps d'un geste lent, posa les pieds par terre et se mit à avancer à petits pas.

Ses yeux, perdus dans le lointain, et sa démarche lancinante révélaient qu'il dormait toujours.

Le somnambule traversa le dortoir des garçons jusqu'au lit d'Ethan. Cyprien avait fait de son mieux durant la journée pour ne pas montrer l'étendue de sa peur à ses camarades de classe, mais il avait été à deux doigts de se pisser dessus quand la brute avait menacé de le passer par-dessus bord. D'une manière ou d'une autre, sa frayeur ressortait. Ses frustrations aussi.

Ethan avait posé son MP3 sur le chevet près de son lit. Cyprien attrapa l'objet. De l'autre main, il tira lentement sur le fil du casque pour le tendre. D'un geste vif, il passa le cordon autour du cou d'Ethan et se mit à serrer.

*

Raphaël sortit de la salle de bains, à peine en meilleur état qu'en y entrant. Il évalua la distance qui le séparait de son lit avant d'éteindre la lumière des sanitaires mais quelque chose le retint. Une silhouette penchée sur une autre. Et le corps sur le lit qui tressautait en se débattant.

Le jeune homme ne réfléchit pas : il fonça droit sur l'agresseur.

– Arrête !

Il le ceintura de ses bras. La force de Cyprien semblait décuplée. Raphaël ne parvenait pas à lui faire lâcher prise.

– Tom !

Le garçon, qui dormait tout près, se réveilla en sursaut. Il vint aussitôt prêter main-forte à son ami.

Sony, réveillé à son tour, alluma la lumière du dortoir. Quelques garçons grognèrent. La plupart se redressèrent en se frottant les yeux pour comprendre ce qui se passait.

Cyprien finit par céder. Il lâcha le casque d'Ethan et se laissa emporter plus loin par Tom et Raphaël, qui le ceinturaient toujours.

Sur son lit, Ethan portait ses mains à son cou en haletant difficilement.

– Il a… essayé de me tuer ! coassa-t-il.

– Mais enfin, Cyprien, t'es malade ?! s'énerva Raphaël en lui faisant face.

C'est là qu'il vit que son camarade ne l'entendait pas. D'un claquement de doigts, le garçon tenta de faire revenir le somnambule à la conscience, mais Sony se précipita pour l'en empêcher.

– Il ne faut surtout pas réveiller un somnambule ! hurla-t-il. Ça peut le tuer.

– Ah ouais ? lança Ethan, secoué par une quinte de toux. Et alors ?

Au même moment, M. Choisel déboulait dans le dortoir.

– Qu'est-ce qui se passe ici ? s'énerva-t-il.

– Cyprien est somnambule, monsieur, expliqua Sony.

– Et il a attaqué Ethan pendant son sommeil, ajouta Raphaël.

La marque du cordon du casque, imprimée sur la peau de la brute, prouvait que l'intention de Cyprien était bien de tuer son camarade.

Le prof de sport évalua rapidement la situation.

– Vous deux, là. Emmenez Ethan à l'infirmerie. Et qu'il y reste.

Tom et Raphaël obéirent à contrecœur. Ils n'aimaient pas l'idée de laisser ce psychopathe de Cyprien derrière eux.

Une nouvelle crampe d'estomac rappela à Raphaël qu'un tour à l'infirmerie le soulagerait peut-être, lui aussi.

– Allez, viens, Ethan.

*

Quelques minutes plus tard, alors que Mme Duquette, toujours handicapée par ses énormes boutons d'araignée, examinait la gorge d'Ethan sur un canapé de la pièce principale pour laisser les blessés de l'infirmerie se reposer, des pas résonnèrent dans l'escalier.

– Ce n'est pas vrai, murmura la prof de français. Qu'est-ce qu'il y a, encore ?

Tom et Raphaël – qui tournait son verre d'eau entre ses mains après avoir pris un médicament pour le ventre – constatèrent l'arrivée de M. Choisel et de Cyprien. Ce dernier avait retrouvé ses esprits et baissait la tête, penaud.

– Je m'excuse, Ethan, bredouilla-t-il en arrivant à son niveau.

– Ouais, ben j'espère que tes parents ont un bon avocat. Parce que « tentative de meurtre », ça va te coûter cher !

Le souffre-douleur de la classe releva le menton. Un éclair de panique traversa son regard.

– Attends, je suis désolé ! Vraiment ! Je ne savais pas que j'étais somnambule ! Je ne me souviens de rien. Ce sont les autres qui m'ont raconté ce qui s'était passé !

– Rien à faire. C'est toi qui m'as fait cette marque, là !

Il révéla son cou dont la trace rouge virait au bleu.

– Je te jure que je ne voulais pas te tuer…

– Ah ouais ? Alors pourq…

Une nouvelle quinte de toux l'empêcha de terminer sa phrase. Les professeurs reprirent les choses en main.

– L'incident est clos, trancha Mme Duquette. On ne peut pas blâmer quelqu'un qui n'est pas responsable de ses actes. Et, Ethan, tu es toujours en vie. Cesse donc de provoquer les autres si tu tiens à le rester.

– Vous allez passer le reste de la nuit à l'infirmerie, indiqua M. Choisel. Tous les deux.

– Quoi ?!

– Mais monsieur…

– Sous *ma* surveillance, acquiesça Mme Duquette d'un ton ferme.

– Mais, madame, je ne suis pas malade, tenta Cyprien.

C'est le prof de sport qui expliqua :

– Tes camarades ne se sentent pas en sécurité, là-haut, avec toi. Je préfère t'isoler pour la nuit. Nous verrons demain.

– Et si je fais une autre crise ?

Il avait soudain très peur de lui-même.

Mme Duquette et M. Choisel se consultèrent, inquiets.

– Je vais te donner quelque chose pour dormir, proposa la prof de français.

Le garçon acquiesça, peu convaincu.

M. Choisel fit signe à Raphaël et Tom.

– Retournez vous coucher. Et je ne veux rien entendre quand je vais monter, c'est clair ?

– Oui, monsieur.

Les deux amis s'éloignèrent.

– Où est Bruno ? demanda Mme Duquette.

Le prof de sport ne répondit pas à cause des élèves encore à proximité. Il fit signe à sa collègue de le suivre dans le hall d'entrée. Raphaël se dissimula dans l'ombre du palier pour écouter la suite de la conversation.

– Je ne l'ai pas vu partir, murmura le prof de sport. Mais il n'était pas dans la chambre quand je me suis levé.

– Il a encore disparu ?

– J'en ai peur.

– Je savais que c'était une mauvaise idée de le laisser venir, soupira Mme Duquette. Cette ville… Ce n'est pas bon pour lui.

– Tu crois qu'il va s'attirer des ennuis ?

– En tout cas, il a intérêt à rentrer avant l'aube, sinon, je te jure qu'il va en avoir.

8

– Bon, tout le monde est là, on peut y aller ? demanda Mlle Jeanville à la cantonade.

Sa notion de « tout le monde » incluait uniquement les élèves valides et M. Choisel.

– Il manque Cyprien, nota Sony.

Mme Duquette, qui restait pour surveiller l'infirmerie et ses occupants, hocha la tête.

– Il dort encore. Je vais le garder avec les autres aujourd'hui.

La dose de somnifère qu'elle lui avait administrée faisait un peu trop d'effet au garçon.

– Et M. Lestat ? demanda Emma.

– Il…

– Est là ! répondit ce dernier en ouvrant la porte.

Il souriait. Ce qui, sur son visage de corbeau, ressemblait à une grimace tordue. Ses collègues lui adressèrent des reproches muets.

– Alors en route, ordonna Mlle Jeanville en poussant les élèves vers la sortie.

Quand ils passèrent près de leur prof d'histoire, ils sentirent les forts relents d'alcool qui émanaient de lui ainsi que l'odeur âcre de fumée froide qui imprégnait son manteau.

Mlle Jeanville secoua la tête pour marquer sa désapprobation. Même M. Choisel semblait déçu par son collègue. Celui-ci ne parut pas s'en émouvoir.

– Alors ? C'est la plantation de canne à sucre, aujourd'hui, hein ?

Malgré l'hécatombe qui frappait les élèves, le voyage scolaire continuait son programme. Mme Duquette s'était arrangée pour faire venir un conteur local afin de compenser le manque de mobilité des blessés (et le sien). Lisa ne devait pas bouger pour ne pas aggraver sa commotion cérébrale. Elle évitait même de parler. Anne-Gaëlle pouvait faire quelques pas, mais certainement pas marcher toute la journée sous les grands chênes d'Oak Alley. Ethan respirait mal, et son humeur massacrante avait convaincu les adultes de l'isoler du reste du groupe. Quant à Cyprien, assommé par les somnifères, il était aussi bien à la pension qu'à subir la peur et les reproches de ses camarades suite à son geste de la nuit.

Dans le bus qui conduisait les élèves jusqu'à la plantation d'Oak Alley, Justine examinait les traits tirés de Raphaël. Elle avait été soulagée de le voir sur ses deux pieds – au moins, son rituel ne l'avait pas tué – mais s'interrogeait sur l'effet réel de la poupée vaudou.

– Va lui parler, demanda la jolie brune à son amie.

Camille soupira pour la forme, puis traversa le petit couloir du car en se tenant aux côtés des fauteuils. L'air de rien, elle se rapprocha des places de Raphaël et Tom.

– Salut, les gars. Alors ? Mauvaise nuit ?

– Chacun son tour, répondit Tom, fataliste. Vous avez eu des insectes, nous, on a eu un somnambule qui a essayé de nous tuer.

– Comment ça ? Je croyais qu'il ne s'en était pris qu'à Ethan ?

– Ouais, mais si ça se trouve, on aurait été les suivants…

Camille leva les yeux au ciel.

– Et toi, Raphaël ? T'as une tête de zombie… Ça ne va pas ?

Elle tenta de ne pas laisser transparaître sa joie à ce sujet.

– J'ai été malade une bonne partie de la nuit.

Mme Duquette voulait même me garder à l'infirmerie. Mais ça va déjà un peu mieux. C'était juste le jambalaya, tu vois.

Il se massa le ventre pour appuyer son propos.

– On dirait que ton amulette magique ne t'a pas protégé de ça, fit remarquer la jeune fille, mi-sérieuse, mi-amusée.

Raphaël se rembrunit, conscient que la gentillesse de Camille avait quelque chose de forcé. Il coula un regard vers le siège de Justine, qui persistait à fixer la route, comme si elle ne voulait à aucun prix pivoter dans sa direction. Louche.

– J'aurais peut-être dû rester à l'infirmerie, grogna-t-il. J'aurais eu l'occasion de faire connaissance avec Lisa. Elle est plutôt mignonne, finalement, à moitié cachée sous ses bandages. Et en plus, le ventilateur lui a enfin cloué le bec…

Camille sentit le rouge lui monter au visage. Elle serra les dents pour ne pas insulter Raphaël de tous les noms.

– Tu ne vaux pas mieux qu'Ethan, grommela-t-elle en retournant s'asseoir.

Raphaël se permit un petit sourire de conquérant. Au jeu de celui qui ferait le plus criser son ex par personnes interposées, il gagnait largement.

– Je ne te reconnais pas, Raph, souffla Tom. OK, Camille, Justine et Lisa sont des gamines superficielles, mais c'est pas une raison pour être méchant comme ça.

– Alors toi, quand Ethan n'est pas là, tu deviens une vraie lavette !

Tom se renfrogna et se tourna vers la vitre pour éviter la mauvaise humeur de son ami.

*

Oak Alley se trouvait à plus d'une heure de route de La Nouvelle-Orléans, mais le trajet en bus, le long du Mississippi, en valait la peine. Dès que le car approcha de la propriété, les élèves s'agglutinèrent contre les fenêtres pour découvrir les vingt-huit chênes qui avaient fait la réputation de la propriété. Les arbres entremêlaient leurs branches à tel point qu'on ne pouvait plus dire où commençait l'un et où finissait l'autre. Au bout de l'allée ombragée créée par les chênes se dressait une imposante maison aux colonnes grecques, qui semblait tout droit sortie d'un film hollywoodien.

Pour parfaire le tout, le guide qui se présenta pour accueillir le groupe de Français à la réception était une jeune femme habillée d'une robe à crinoline dont la soie froufroutait à chacun de ses pas.

– *Welcome to Oak Alley!*

Mlle Jeanville se chargea des détails, puis la visite put commencer par la Grande Maison dont chaque pièce rappelait l'opulence des confédérés au XIXe siècle. Les riches planteurs de canne à sucre ou de coton ne lésinaient pas sur les dentelles, les tissus épais, l'argenterie…

– Quand tu seras président, lança Rhimen à Sony, tu pourras avoir une baraque comme celle-là!

Le délégué de classe sourit. Il se prit à rêver une seconde de la vie qu'il aurait menée à Oak Alley, dans un autre temps et des circonstances différentes. Puis il secoua la tête.

– Je ne veux pas faire fortune en exploitant des êtres humains. Et puis, toute cette dentelle… c'est pas mon style!

Il caressa la tapisserie d'un mur qui lui parut chaude sous les doigts. Étrange. À moins qu'un feu dans une cheminée plus bas ne lui donne cette impression? Mais quel irresponsable allumerait un feu à cette époque de l'année?

Sony retira sa main. La chaleur se propagea dans ses doigts. Puis le long de son bras. Il n'y prit pas garde, trop occupé à essayer de comprendre la guide avant que Mlle Jeanville ne traduise en français.

Chaque chambre dévoilait des anecdotes de vie quotidienne des propriétaires passés, allant du détail anodin aux histoires de fantômes. La chambre violette, notamment, avait pour réputation de s'éclairer la nuit lorsque la maison était vide. Certains avaient même aperçu la silhouette d'une femme à la fenêtre. Apparemment, il s'agissait de la dernière propriétaire des lieux, avant que la demeure ne soit reconvertie pour le tourisme. Bien sûr, elle était morte depuis longtemps.

Dans d'autres salles, il était question de pleurs de bébés qui résonnaient dans les murs. Ailleurs, c'était les bruits des sabots d'un cheval invisible qui avait hanté des touristes pendant de longs mois. Quand le groupe pénétra dans un grand salon et que la guide évoqua des bougies flottant dans les airs, les adolescents se mirent à rire nerveusement.

– C'est pas Poudlard, ici, fit remarquer Ulysse.

– Les vieilles baraques, ça fait toujours flipper, estima Mariko. Mais là, faut pas pousser !

Mlle Jeanville traduisit rapidement le scepticisme de ses élèves à la guide qui gloussa à son tour. Elle comprenait. Mais, d'un ton de comploteuse, elle révéla qu'elle entendait souvent des voix pendant qu'elle se promenait sous les arbres, comme si les milliers d'esclaves morts dans le domaine hantaient les branches. « Surtout en hiver, quand leurs doigts crochus vous attrapent au passage »...

Elle frôla le bras de Justine puis l'agrippa d'un seul coup.

La jeune fille poussa un petit cri.

– Bien, nous avons vu le côté des propriétaires, coupa M. Lestat pour cesser d'évoquer les fantômes de la résidence. Après manger, nous découvrirons les conditions de vie des esclaves. Un formidable travail de reconstitution a été effectué ici. Il y a même un registre pour retrouver les noms des esclaves qui sont nés ou ont vécu à la plantation.

Tom se demanda si son arrière-arrière-arrière-arrière-grand-oncle s'y trouvait. Et, s'il n'apparaissait pas à Oak Alley, si un registre identique existait dans d'autres plantations qui avaient utilisé des esclaves pour produire de la canne à sucre ou du coton.

*

Le groupe se délita durant la visite du parc. Les élèves marchaient par deux ou trois, en fonction de leurs affinités. Les profs les laissaient faire car ils avaient tout leur temps pour rejoindre les baraquements de bois reconstruits afin de témoigner des conditions de vie des esclaves avant la Guerre de Sécession.

Emma, Sony et quelques bons élèves prenaient la tête de la procession, presque naturellement. Les suiveurs n'étaient jamais loin. Pour une fois, Raphaël était parmi eux, délaissé par Tom qui traînait la patte à l'arrière du groupe. Camille et Justine parlaient à voix basse derrière lui.

Quand Tom entendit quelqu'un lui adresser la parole, il se retourna vers les filles, mais celles-ci froncèrent les sourcils. Il avait sans doute rêvé.

… Tom…

Cette fois-ci, c'était clair. Le garçon pivota sur lui-même à la recherche de la source de la voix. Seul le vent lui répondit en faisant bouger quelques feuilles d'arbres.

Camille et Justine le dépassèrent.

– Il est pas bien, lui.

Le garçon, campé sur ses deux pieds, les jambes pliées et bras écartés, s'attendait à devoir réagir à une menace.

… N'aie pas peur… Je suis comme toi… Nous étions tous comme toi, tu sais… Si jeunes, pleins de vie… Et ils nous ont tout pris, ici. Notre liberté. Notre musique. Notre avenir.

– Qui est là ? demanda Tom en cherchant sa classe du regard.

Les autres ne semblaient pas s'inquiéter de son absence.

Un voile blanc opacifia soudain son champ de vision. Le brouillard dansait devant ses yeux, comme si de longs foulards s'enroulaient autour de son cou, le frôlaient, le faisaient disparaître. Tom suivit cette danse, bien malgré lui. Il voulait s'en aller. Déchirer ce voile qui modifiait la réalité. Retourner auprès des autres.

Mais au lieu de s'étirer en filaments blanchâtres, le brouillard s'intensifia, jusqu'à former le visage d'un jeune homme, au nez épaté comme le sien et aux cheveux crépus.

… Je suis comme toi… susurra l'apparition. *Et bientôt, je serai enfin libre.*

La forme brumeuse se ramassa sur elle-même, puis fila en une seconde jusqu'à la bouche de Tom, qu'il ne parvenait pas à fermer. L'ensemble du brouillard disparut dans le corps du garçon.

Quand il se remit en marche, le soleil brillait à nouveau. Mais les yeux de Tom étaient voilés.

*

– Donc, ici, vous pouvez avoir un aperçu du mobilier des esclaves. Des meubles simples, en bois brut. Rien à voir avec leurs maîtres, n'est-ce pas ?

Un rictus de colère releva la lèvre supérieure de Tom.

– C'était plus sale, affirma-t-il d'une voix rauque qui ne lui ressemblait pas.

– Bien évidemment, lui répondit M. Lestat. Mais tous les maîtres ne traitaient pas mal leurs esclaves. Certains les considéraient même comme des membres de leur famille…

– Ils fouettaient leurs propres enfants, alors ?

– Tom ? Ça ne va pas ?

Le garçon se détourna, comme s'il n'était pas concerné par la question.

– Ils devaient s'estimer heureux d'avoir une table et des chaises, lança Sony.

Lui aussi avait un air bizarre. Sa voix semblait plus profonde. Et ses yeux brillaient d'une étrange lueur dorée.

– Devant la loi, les esclaves ne valaient pas mieux que des animaux, continua le délégué d'un ton méprisant.

Tom serra les poings et vint se planter face à lui. Les deux regards envoûtés se reconnurent.

– Et les maîtres n'étaient que d'horribles profiteurs sans scrupule.

– Ils faisaient prospérer le domaine !

– Ils laissaient les enfants mourir aux champs, ou les vendaient dès qu'ils le pouvaient !

– Les nègres ne sont…

– Ça suffit ! les interrompit M. Lestat. Qu'est-ce qui vous prend, à tous les deux ? C'est cette ambiance qui vous monte à la tête ?

La fougue dans leurs prunelles baissa en intensité.

– Bien. Continuons.

Le prof d'histoire fit signe à la guide, qui reprit son explication en changeant de bâtiment. Des exemples d'outils utilisés aux champs pour récolter la canne à sucre étaient accrochés sur un immense panneau en bois. Tandis qu'elle détaillait la fonction de chacun d'eux, Tom et Sony s'affrontaient, les dents serrées.

– Tu devrais être fouetté pour ton insolence, murmura le délégué en passant près de Tom.

– Et toi, tu devrais être saigné comme un porc. Non. Brûlé vif, comme ces pantins de Mardi Gras.

– N'oublie pas que j'ai droit de vie et de mort sur les tiens.

– Je suis déjà mort, *missié*.

Tom découvrit ses dents blanches en un sourire immaculé. Cela énerva Sony qui leva les poings, prêts à frapper.

M. Lestat posa une main sur l'épaule de chacun.

– Je vous ai avertis une fois, gronda le prof d'histoire. Je ne me répéterai pas. Je ne veux pas vous voir à moins de cinq mètres l'un de l'autre pour le reste de la journée. Vu ?

Sony acquiesça lentement. Tom libéra son bras en roulant de l'épaule. Il reprit sa place à l'arrière du groupe. Lestat lui signifia d'un geste qu'il le tenait à l'œil.

Quand le prof d'histoire quitta la petite maison de bois, Tom s'empressa de décrocher l'une des machettes rouillées de son socle puis la dissimula dans son dos, sous son tee-shirt.

9

Le silence régnait dans le car du retour. Les rares élèves qui discutaient le faisaient à voix basse. Les autres dormaient, profitant de l'absence des blessés pour s'octroyer deux sièges pour un. Seules deux têtes émergeaient des rangées : Sony, à l'avant, et Tom, à l'arrière. Ils se tenaient très droits, lèvres pincées et visage tourné vers la route.

Les profs, assis derrière le chauffeur, se concertèrent.

– Ils n'ont pas l'air bien depuis le passage dans les bâtiments des esclaves, constata M. Choisel.

– Sony m'inquiète, confirma Mlle Jeanville. Lui qui est toujours si tolérant, si serviable… Ça ne lui ressemble pas de s'emporter de cette façon.

– Et leurs yeux, murmura M. Lestat. Leur voix. Les mots qu'ils choisissent… Ce n'est pas normal.

– On dirait qu'ils sont possédés, lança la prof d'anglais, avec un petit rire nerveux.

Ses collègues ne trouvèrent pas la blague très drôle. Après tous les phénomènes paranormaux dont ils avaient été témoins depuis le début du séjour, un de plus ne les surprendrait pas vraiment.

La mauvaise plaisanterie de Mlle Jeanville fit son chemin dans l'esprit de M. Choisel. La semaine précédente, il n'aurait pas cru une seconde aux histoires de fantômes, mais après avoir vu l'éclat doré briller dans les prunelles de Sony et le voile nuageux masquer le regard de Tom, il n'était plus sûr de rien. Et plus il y réfléchissait, moins il trouvait d'autre explication à l'attitude des deux élèves. À voir la tête de ses collègues, ils arrivaient tous à la même conclusion.

– Qu'est-ce qu'on va faire ? demanda M. Choisel d'une voix blanche.

– Rappeler Oak Alley ? proposa Mlle Jeanville. Ils savent peut-être comment agir dans ce genre de cas…

Ses collègues secouèrent la tête, peu convaincus.

– C'est ça, on va les appeler en leur disant : « Au fait, deux de vos fantômes sont venus avec nous, vous pouvez venir les récupérer ? », répondit M. Lestat avec mépris. Même s'ils croient aux histoires qu'ils racontent, ils ne se battront sans doute pas pour récupérer des spectres qui hantaient leur domaine.

– Alors quoi ? Tu as une autre idée ?

– La boutique ésotérique du Vieux Carré, répondit le prof d'histoire.

– Celle où on s'est arrêté le premier jour ?

Lestat hocha la tête.

– Il doit bien exister un moyen de s'assurer qu'on ne fabule pas. Et je vous parie qu'on le trouvera là-bas.

Avant que ses collègues n'ajoutent quoi que ce soit, il termina :

– Je vais demander au chauffeur de me déposer sur le chemin. Vous deux, ramenez les enfants à la pension et isolez nos deux invités inattendus.

– À l'infirmerie ?

– Pas encore ! soupira Mlle Jeanville.

C'était elle qui avait dû appeler les parents de Lisa et d'Anne-Gaëlle pour les informer des blessures de leurs filles.

– On ne prévient pas les parents avant d'avoir trouvé une solution, estima M. Choisel. Ils nous prendraient pour des fous et ça créerait une vague de panique là-bas.

La prof d'anglais lui jeta un regard soupçonneux.

– Toi, tu n'as pas téléphoné aux parents d'Ethan, constata-t-elle.

– À quoi bon ? Il va bien. Il aura tout le temps de leur raconter son voyage au retour.

– Tu as peur que sa mère débarque, releva Mlle Jeanville.

– Je me suis engagé personnellement auprès d'elle pour l'assurer qu'il n'arriverait rien à son fils. Je ne peux pas l'appeler trois jours plus tard en lui expliquant qu'il a failli mourir étranglé par un camarade !

Sans le vouloir, il avait haussé le ton, attirant l'attention des élèves les plus proches, dont Sony. Le visage fermé du délégué lui donnait l'air d'un meurtrier. Quand il reprit son observation du paysage, les profs frissonnèrent.

Mlle Jeanville se tourna vers son collègue d'histoire :

– Pour la boutique, j'y serais bien allée moi-même, mais je préfère surveiller nos zigotos… Bruno, on compte vraiment sur toi pour trouver une solution. Et… n'en profite pas pour visiter tous les bars du Vieux Carré, cette fois-ci.

Lestat leva les mains en signe d'innocence.

– Je ne pensais pas qu'il y aurait un problème au cours de la nuit. Tout le monde dormait, tout était calme. J'ai cru…

– Que tu pouvais t'amuser un peu à La Nouvelle-Orléans ! Mais on n'est pas en vacances, Bruno. Ne l'oublie pas.

– J'ai compris le message, je t'assure. Vous me posez à la boutique, je trouve comment vérifier que nos élèves sont possédés… et s'il existe une solution pour les libérer nous-mêmes. Ensuite, je rentre directement à la pension.

*

Mais M. Lestat ne rentra pas.

– Je n'aurais jamais dû lui faire confiance, estima Mlle Jeanville en se rongeant les ongles le lendemain matin.

M. Choisel lui tapota le dos d'une main maladroite.

– Ce n'est peut-être pas aussi simple. S'il n'y avait pas ce qu'il fallait à la boutique, il a pu aller dans une aut…

– Ne lui cherche pas d'excuses ! s'énerva la prof d'anglais. Il nous a abandonnés ! Il est parti se soûler dans un coin, et il n'a pas fini de cuver !

– Ou alors il a eu des ennuis et on en saura plus à l'hôpital ou au poste de police.

Mme Duquette intervint dans la conversation. Elle devait pencher la tête sur son épaule tant la morsure d'araignée avait enflé, jusqu'à devenir une énorme pustule jaunâtre. L'inflammation de son ventre lui donnait l'air d'être enceinte – ce qui paraissait incongru pour une femme de son âge – et les boutons de ses chevilles faisaient peur, eux aussi.

– Je vais contacter les services locaux, promit la prof de français. Ne vous inquiétez pas pour Bruno, on va le retrouver.

– Tu es sûre que ça ira ? demanda Mlle Jeanville.

Elle parlait à la fois de la santé de sa collègue difforme, de son obligation de gérer de plus en plus de blessés ou de psychopathes à elle toute seule et d'enquêter sur la disparition du prof d'histoire par-dessus le marché.

– Je vais me débrouiller. La propriétaire nous apporte une télé et des DVDs aujourd'hui. En VO non sous-titrée, ça leur fera au moins bosser leur anglais.

– C'est déjà ça, sourit Mlle Jeanville.

Elle se composa un masque de bonne humeur avant d'entrer dans le salon, où attendait une partie de la classe.

– *OK, guys ! Let's go !* Vous allez enfin pouvoir découvrir le fameux bayou de La Nouvelle-Orléans !

– Vous avez votre crème solaire ? demanda M. Choisel. Lotion antimoustiques pour ceux qui craignent ? Casquette ? Bouteille d'eau ? Alors, en avant !

*

La végétation touffue qui bordait la route masquait les longs marécages sinueux à la vue des passants. Le bayou sauvage de La Nouvelle-Orléans s'étendait entre le lac Borgne et le lac Pontchartrain. Quelques oiseaux tournoyaient dans le ciel, puis piquaient droit vers le sol.

– Au moins, ce ne sont ni des corbeaux ni des moineaux carnivores, nota Emma de sa voix pincée. Et sans Cyprien-La-Poisse, on a peut-être une chance de sortir vivants de ces marais... Enfin, si personne ne s'amuse à exciter les alligators.

La tension régnait parmi les enseignants. Entre la disparition du prof d'histoire et l'infirmerie qui se remplissait, les 3ème C avaient l'impression d'être maudits.

– Pourtant, on n'a rien fait, soupira Saphia, qui ne lâchait pas la main de Mathis.

Justine baissa les yeux. Elle, elle avait tenté un rituel magique. Est-ce que tout ce qui arrivait était de sa faute ?

Elle se reprit en réalisant que l'attaque des insectes s'était produite bien avant qu'elle n'essaie sa poupée vaudou. Et si elle cherchait à remonter au tout premier incident, il devait s'agir du char qui avait perdu le contrôle et avait percuté Anne-Gaëlle le lendemain de leur arrivée. Non, avant ça, il y avait eu l'attaque-suicide des moineaux contre le tram où ils se trouvaient.

Quand les élèves descendirent du car, ils reçurent de plein fouet les odeurs lourdes des marais alentour. La moiteur étouffante de l'air semblait encore plus chaude qu'en ville. Mohamed s'épongea le front avec sa manchette de tennisman. Ulysse s'envoya une claque dans le cou pour écraser un moustique. Rhimen noua ses cheveux en queue-de-cheval pour leur éviter de friser plus que d'habitude.

Mlle Jeanville et M. Choisel menèrent le groupe jusqu'à l'embarcadère où attendaient de petits bateaux à fond plat, munis d'un énorme ventilateur à l'arrière. Ils expliquèrent rapidement la situation – ils avaient réservé pour vingt, mais n'étaient finalement que treize. La jeune femme de l'accueil leur conseilla de se répartir en deux groupes, l'un dans un bateau à cinq places, l'autre dans un bateau à huit places. Ils économisaient ainsi un bateau entier et un guide.

Les bateliers du bayou les conduisirent jusqu'à leurs engins pendant que les professeurs réfléchissaient à la répartition des groupes.

– Prends Emma, Raphaël, Justine et Camille avec toi, proposa Mlle Jeanville. Moi, j'emmène les autres dans le plus gros bateau.

– Si tu veux.

Mariko, Saphia, Mathis, Xian, Ulysse, Rhimen et Mohamed prirent place avec la prof d'anglais. Leur guide, un grand Black souriant, portait un chapeau clair décoré de petites dents d'alligators. Sa chemise ouverte flottait autour de lui tandis qu'il s'activait pour détacher son embarcation du ponton.

– À tout à l'heure ! lança Mlle Jeanville en agitant la main.

M. Choisel lui rendit son signe avec un mauvais pressentiment. Comme s'il n'allait jamais les revoir.

10

– *Hello everybody! Welcome on board!* Je suis Louis et je vais vous faire voir les secrets du bayou… et ses alligators!

L'accent du guide donnait l'impression qu'il mâchait du chewing-gum en parlant français.

M. Choisel le salua, puis aida Emma à grimper à bord. Suivirent Justine et Camille. Mais au moment où Raphaël s'avançait à son tour, le guide lui posa une main sur la poitrine pour l'arrêter.

Louis tira sur la cordelette qui retenait le talisman du jeune homme.

– *Oh, no!* Tu ne peux pas emmener ça. Ça mauvais esprit dans le bayou. *You know?*

– Mais… mais…, bredouilla Raphaël. On m'a dit que c'était un talisman protecteur…

Le visage buriné de Louis se rapprocha du sien. Il lui dit, la voix chargée d'avertissements :

– Dans le bayou, ces protections ne marchent pas. Tu ne peux pas te cacher des esprits. Eux te voient. Veulent lire ton âme. Ils fâchés si tu veux te cacher.

M. Choisel intervint :

– Enfin, Raphaël, ce n'est pas si grave. Laisse-le sur le ponton, tu le retrouveras au retour.

– Bon, bon.

De mauvaise grâce, l'adolescent passa la cordelette autour de sa tête et déposa le talisman sur le poteau auquel l'hydroglisseur était amarré.

– *All right, kids ! Let's go !*

La bonne humeur de Louis semblait revenue. Raphaël, lui, se sentait soudain vulnérable sans sa protection magique.

Quand Louis largua les amarres, il ne se rendit pas compte que le talisman s'emmêlait à la corde qu'il enroulait dans le bateau.

*

L'hydroglisseur filait sur l'eau, écartant les lentilles vertes qui formaient une pellicule épaisse à la surface noire du bayou. Des saules trempaient leurs longs filaments près des berges. Les mouvements qui animaient les racines des arbres trahissaient la présence de petits animaux mal cachés. Au loin, un grand héron blanc volait au ras de l'eau, avant de se poser sur une motte de terre immergée et plonger son long bec à la recherche de poissons. Des grenouilles coassaient en un concert régulier qui se mêlait aux stridulations des grillons. Des insectes voletaient autour des adolescents qui prenaient des photos.

Louis fit ralentir l'embarcation et désigna le rivage le plus proche.

– *Look!* Vous voyez les rochers ?

Les Français se tournèrent vers les blocs arrondis couverts de mousse verdâtre. Soudain, l'un d'eux se mit à bouger.

– Des tortues ! s'exclama Camille en zoomant.

Une tête poilue sortit d'entre les jacinthes d'eau.

– Et un ragondin !

Ceux qui avaient assisté au déjeuner sanglant des rongeurs sur les bords du Mississippi frissonnèrent au souvenir du sang entachant le pelage de l'animal à l'apparence inoffensive.

– Je ne vois toujours pas d'alligator, fit remarquer M. Choisel.

Louis se mit à rire.

– Eux sont là. Cherchez bien.

Les Français retinrent leur souffle en examinant le paysage. Où pouvaient se cacher les sauriens ?

Raphaël scrutait le moindre indice vert qui trancherait avec la végétation. Il ne vit qu'une branche molle onduler. Une branche avec une tête triangulaire et une langue bifide. Il eut un mouvement de recul malgré la distance qui le séparait du serpent.

– Derrière les troncs d'arbres qui flottent, là-bas ? proposa Justine.

Au même moment, l'un des troncs ouvrit les yeux.

Les adolescents sursautèrent.

La peau granuleuse des alligators rappelait vraiment la texture du bois. Et ils n'étaient pas verts, comme dans les dessins animés, mais aussi bruns que les écorces alentour.

– Ils ont l'habitude de voir passer des bateaux ? demanda M. Choisel, fasciné.

– Si on s'approche trop près, eux plongent, expliqua le guide. Eux se méfient des chasseurs. Et des *Tours Operators* qui promettent le grand frisson, avec capture d'un alligator, ouverture de la gueule pour voir les dents, etc.

Louis paraissait dédaigneux de ce genre de pratiques.

– C'est vrai qu'il y a des chasseurs qui mettent des pièges en se servant de poulets comme appâts ? demanda Emma. Et qui agitent la main dans l'eau en espérant être plus rapides que les alligators ?

Louis acquiesça en réponse.

– Nous, on les laisse tranquilles. On respecte le bayou. On observe. *Look* !

Des oiseaux aux ailes marron et au ventre blanc, qui ressemblaient à de grosses buses, tournoyaient au-dessus de quelque chose que les Français ne pouvaient pas voir.

– Des aigles pêcheurs, expliqua Louis. Des balbuzards.

Il se pencha sous son siège où une batte de baseball et un fusil à fléchettes tranquillisantes encadraient une caisse à outils, une glacière et un autre sac dont il sortit des jumelles qu'il tendit à Emma. La première de la classe s'empressa de faire le point pour découvrir ce autour de quoi tournoyaient les oiseaux, sans succès. Elle passa à Camille, qui fit suivre à Justine. Lorsque celle-ci les présenta à Raphaël, leurs doigts se frôlèrent. Ils se dévisagèrent, gênés. Il y avait toujours quelque chose entre eux. Sans la pression des amis de Raph, leur rupture semblait bien moins justifiée.

Justine se détourna en se souvenant de l'attitude de son ex au cours des derniers jours. L'adolescent braqua les jumelles, d'abord vers les oiseaux, puis vers l'eau. La tête d'un canard à moitié déchiqueté creva la surface au milieu d'une flaque de sang. L'énorme mâchoire d'un alligator apparut à son tour et fit disparaître la proie abîmée. Les balbuzards s'enfuirent.

Les filles se levèrent d'un bond.

– Vous avez vu ça ?

– De trop près pour moi, avoua Raphaël qui avait envie de vomir.

– Si tu malade, tu par-dessus bord, *OK* ?

Raphaël, les joues gonflées, s'approcha des petites rambardes de l'hydroglisseur. Mais sa nausée passa d'un seul coup quand il vit son amulette briller au milieu des cordages d'amarrage.

Par réflexe, Raphaël se pencha pour la récupérer.

– *What the...*

Louis découvrit le talisman et se mit à paniquer. Il se signa pour conjurer le mauvais sort, regarda le ciel, l'eau, la terre comme si quelque chose d'horrible allait leur tomber dessus.

– Tu jettes ça ! Tu jettes ça ! ordonna-t-il.

– Mais...

Louis empoigna Raphaël pour lui faire lâcher prise. L'adolescent essaya de se débattre, mais le batelier refermait déjà le poing sur le pendentif. Louis étendit le bras vers l'arrière et lança le talisman de toutes ses forces par-dessus l'hélice qui propulsait l'embarcation.

– Vous êtes un grand malade ! s'énerva Raphaël alors que l'autre le libérait.

Le garçon chercha du secours auprès de ses camarades, mais il ne récolta que quelques hochements de tête désolés. Même Justine lui adressa un maigre sourire de compassion.

– Ce n'est pas si grave…

Raphaël rumina sa colère en s'asseyant dans un coin du bateau.

Louis fit accélérer l'embarcation pour s'éloigner au plus vite de l'endroit où il imaginait le talisman couler à pic.

Mais la cordelette du pendentif s'était glissée autour d'une pale de l'hélice et suivait le bateau.

Il y eut d'abord un choc à l'arrière. Le bruit du métal contre le métal. Puis le crissement des pales de l'hélice qui rechignait.

– Que se passe-t-il ? demanda M. Choisel.

Louis manœuvra pour accoster l'hydroglisseur sur un banc de sable assez haut. Juste à temps : l'hélice s'arrêta et l'hydroglisseur s'enfonça dans le sable.

Louis coupa le moteur, visiblement contrarié. Il jeta un regard accusateur à Raphaël, sous-entendant qu'il avait prévenu et que ce qui arrivait était de sa faute. Puis il sortit des outils.

– C'est fréquent, ce genre de pannes ? demanda encore le prof de sport.

– *No.*

Le guide semblait maintenant beaucoup plus anxieux. Son stress passa jusqu'aux adolescents, notamment Emma, qui croyait s'être débarrassée des risques en laissant Cyprien à l'infirmerie. Elle scrutait l'eau alentour en guettant le moindre clapotis, la moindre onde qui révélerait la présence d'un alligator, comme dans le reportage qu'elle avait visionné.

Le guide contourna l'hélice pour vérifier le problème.

– On n'a pas beaucoup de temps. Il faut repartir. Les marais sont instables. *Not safe to stay here.*

Il découvrit le morceau de corde qui bloquait les pales de l'hélice, mais ne fit pas le lien avec le talisman immergé qu'il ne pouvait pas voir de là où il se trouvait. Il introduisit sa pince coupante entre les grillages de protection – qui n'avaient pas suffi à arrêter l'amulette maudite – et sectionna la corde.

Le talisman de Raphaël coula lentement.

Louis essaya de redémarrer le moteur. Une fois. Deux fois.

Il jura en anglais.

Troisième fois. Le moteur crachota puis démarra enfin. Les Français hurlèrent de joie, faisant s'envoler des oiseaux au loin.

Mais l'hydroglisseur restait bloqué sur le banc de sable.

– *Somebody has to push*, soupira le guide. Je besoin d'aide.

Il désigna Raphaël et M. Choisel.

– *Guys* ?

– Qu'est-ce qu'il faut faire ? demanda le prof de sport.

– Vous descendez et vous poussez. Je dégage et vous remontez. *OK* ?

Emma porta les deux mains à sa bouche.

– Surtout, ne touchez pas l'eau. Ne la faites pas bouger. C'est ça qui les attire !

Raphaël examina le banc de sable et l'eau qui le recouvrait. Il n'avait aucune envie de descendre du bateau et ne voyait pas bien où poser les pieds sans toucher l'eau. Est-ce qu'il était obligé ? Quelqu'un d'autre pouvait peut-être y aller à sa place ?

Le guide devait rester à bord pour manœuvrer, et M. Choisel remontait déjà ses manches. Le prof de sport aurait besoin d'aide pour pousser. Ce n'était pas Camille, Justine ou Emma qui allaient se mouiller. Raphaël prit sur lui pour dissimuler sa peur.

Justine se rongeait les ongles.

– Fais attention, Raphaël, murmura-t-elle.

M. Choisel descendit prudemment sur le banc de sable. Il prit ses appuis à l'avant de l'hydroglisseur et fit signe à Raphaël qui l'imita aussitôt. Louis, derrière son poste de commande, les encouragea :

– *OK, one, two, three…* Go !

Raphaël et M. Choisel poussèrent de toutes leurs forces.

Emma suivit des yeux les vaguelettes créées par le mouvement. Elle se mordit les lèvres. Est-ce que ça bougeait, ailleurs, dans l'eau ?

Nouvelle poussée. L'embarcation se dégageait petit à petit de son piège marécageux.

Soudain, Emma vit le mouvement qu'elle redoutait. Le même que dans la vidéo. L'ondulation de la surface sur trois bons mètres d'envergure.

– Alligator ! hurla-t-elle.

– *Come on* ! Une dernière fois !

Électrisés par la peur, M. Choisel et Raphaël réussirent à dégager le bateau.

L'alligator était tout près.

– Allez ! Remontez ! *Now* !

Choisel aida Raphaël à s'agripper aux rambardes, puis s'élança pour se hisser à la force des bras. L'alligator disparut sous l'embarcation.

– Où il est ? s'affola Emma qui ne l'avait perdu de vue qu'une seconde.

Justine et Camille attrapèrent Raphaël pour l'extraire le plus vite possible du bayou. Il ramena ses jambes à bord juste au moment où l'alligator jaillissait.

M. Choisel tendit la main à ses élèves pour qu'ils l'aident. Ils se précipitèrent tous en même temps, et cela fit tanguer l'embarcation, enfonçant les jambes du prof de sport un peu plus profondément. Il poussa un cri de terreur quand il se retrouva accroché d'une seule main, avec de l'eau jusqu'à la taille. Dans la panique, Justine manqua de perdre l'équilibre par-dessus bord et fut rattrapée de justesse par l'arrière du tee-shirt par un Raphaël à bout de souffle.

M. Choisel essaya de prendre appui sur la coque pour remonter ses jambes, mais le fond plat ne lui offrait pas assez de prise. Il lança son bras pour attraper la rambarde avec sa main libre, mais ses doigts glissèrent sur les barreaux métalliques. Camille sécurisa le seul appui qui lui restait en maintenant son avant-bras tétanisé par l'effort.

– Tenez bon !

Pendant ce temps, Louis chargeait le fusil tranquillisant aussi vite que possible.

Emma tendit la main pour saisir celle du prof de sport lors de sa prochaine tentative.

– Allez, monsieur Choisel, vous pouvez le faire !

Il s'élança une nouvelle fois. Mais au moment où ses doigts frôlaient ceux d'Emma, une force le happa d'un coup vers le fond. Il hurla de douleur en lâchant la rambarde. Camille réussit à le rattraper de justesse.

– Monsieur Choisel !

Elle faillit se faire entraîner à son tour. Emma, Justine et Raphaël la ceinturèrent pour la retenir.

Le prof de sport se débattait en poussant des hurlements de plus en plus horribles. L'alligator et les élèves se disputaient son corps meurtri, l'un pour l'attirer sous l'eau, les autres pour le hisser à bord.

Soudain, il y eut un déchirement spongieux, suivi d'un bruit d'os brisés. M. Choisel perdit connaissance tandis que la bête relâchait son emprise. Le silence remplaça les cris. Une importante flaque de sang s'étendit autour des jambes du prof de sport.

Louis se précipita, le fusil tranquillisant à la main. Il pointa l'eau à la recherche de l'assaillant. Trop tard. L'affrontement n'avait duré que quelques secondes.

Les élèves essayèrent de hisser M. Choisel, mais son corps s'alourdissait. Se raidissait. Louis posa son fusil et aida les adolescents. Dès que le genou ensanglanté du prof de sport sortit de l'eau, ils découvrirent pourquoi l'animal avait abandonné le combat : il avait gagné.

L'alligator passa au loin avec quelque chose dans la gueule. Quelque chose qui portait une chaussure.

Les filles hurlèrent de terreur en lâchant leur prise. Raphaël et Louis ne pouvaient pas le tenir seuls. Le guide toucha rapidement le cou de M. Choisel. Pas de pouls. Il hocha négativement la tête. Raphaël, choqué, ouvrit à peine ses doigts serrés. Juste assez pour que le corps du prof de sport lui échappe, et disparaisse dans le bayou.

11

– Oh mon dieu, oh mon dieu, gémissait Camille, les bras autour de ses genoux repliés.

Les autres aussi étaient sous le choc. Raphaël était incapable de parler. De penser. Si jamais il quittait la torpeur dans laquelle il se trouvait, un intense sentiment de culpabilité l'envahissait. C'était de sa faute si son prof de sport était mort. Si les filles ne l'avaient pas aidé le premier, ça aurait été lui. Ça aurait dû être lui.

Il s'imagina englouti par les eaux glacées du bayou. Il se recroquevilla au fond de l'embarcation en gémissant. Justine lui posa la main sur l'épaule. Elle tremblait.

C'est Emma qui reprit le contrôle la première. Elle se tourna vers Louis, qui fixait l'horizon en poussant l'hydroglisseur au maximum de sa puissance.

– Où allez-vous ?! hurla-t-elle pour couvrir le bruit du moteur.

Il n'avait pas l'air de faire demi-tour pour ramener les adolescents en sécurité.

– On doit prévenir les secours !

Comme il ne répondait toujours pas, la première de la classe réunit toutes ses notions d'anglais pour se lancer dans un grand discours sur la nécessité d'appeler Mlle Jeanville, de faire fouiller le marais pour ressortir le corps de M. Choisel, d'informer les autorités locales… de faire quelque chose, au lieu de s'enfoncer davantage dans le bayou !

L'hydroglisseur ralentit. Pas parce que Louis obéissait à Emma, mais parce qu'il entrait dans un bras plus étroit, dont les arbres serrés formaient comme un tunnel opaque au-dessus des passagers. L'ombre qui enveloppait les adolescents fit taire leurs pleurs et leurs suppliques. Ils levèrent la tête, paniqués.

– Où nous emmenez-vous ? s'inquiéta Justine avec un mauvais pressentiment.

Louis avait la tête de quelqu'un prêt à effacer les preuves compromettantes. M. Choisel était mort sous sa responsabilité. Et là, il entraînait les adolescents dans les méandres du bayou dont ils ne ressortiraient peut-être jamais. Et si c'était un *serial killer*, un psychopathe qui allait profiter de leur faiblesse ?

– Répondez !

Camille attrapa soudain le fusil tranquillisant resté à l'avant de l'hydroglisseur. Elle se dressa sur ses deux pieds et visa le guide.

– *Please*, insista-t-elle d'une voix glaciale.

Louis cligna des paupières, comme s'il reprenait conscience de la présence des enfants, et de leur état de choc.

– I… Je connais quelqu'un. Un couple de Mambos qui vit dans le bayou. Puissants sorciers vaudous. Ils… peuvent ramener votre prof.

L'annonce pétrifia les adolescents. Était-il encore possible de sauver M. Choisel ? Malgré son mollet arraché, tout le sang qu'il avait perdu et son séjour au fond de l'eau si d'autres alligators ne s'étaient pas déjà acharnés sur son cadavre ?

– C'est contre nature, souffla Emma. Il est mort. On ne peut plus rien faire pour lui. Si on utilise la magie, il sera forcément différent… Un monstre. Un zombie, peut-être. Il ne faut pas faire ça. Il faut rentrer prévenir les…

– *No way* ! la coupa Louis. Si on rentre maintenant et qu'on annonce un mort, c'est fini du business. *No tourists ever.*

Il y avait quelque chose de dur dans son regard. Son honneur était en jeu. L'avenir de son entreprise, peut-être même de sa région. Il ne serait pas responsable de la baisse du tourisme. Ni de la réputation du bayou comme d'un endroit dangereux et maudit. Il ferait tout pour l'empêcher.

– Ayida et Damballah sauront quoi faire, insista-t-il en manœuvrant son embarcation.

Les cris des oiseaux, au loin, augmentèrent l'atmosphère lugubre qui régnait à bord.

Justine et Raphaël, collés l'un à l'autre, rejoignirent Emma et Camille, qui ne lâchait pas le fusil à fléchettes.

– Vous croyez qu'on peut lui faire confiance ? demanda Raphaël en jetant des œillades inquiètes en direction du guide qui ignorait le conciliabule.

– Non, certifia Emma. Mais c'est lui qui connaît ces marais et, sans lui, on sera incapable de retrouver notre chemin. Et je ne parle même pas de piloter l'hydroglisseur.

– Donc, tu suggères qu'on le laisse aller au bout de son idée, comprit Justine. Même s'il parle d'un rituel vaudou pour ramener un mort à la vie ?

– Est-ce qu'on a vraiment le choix ?

– Et un appel d'urgence ? proposa Raphaël en sortant son portable. Même si nos forfaits sont bloqués à l'étranger, il y a peut-être moyen d'avoir des… Oh, non. Pas de réseau.

Les filles vérifièrent leur téléphone qui affichaient le même constat.

– J'espère que Mlle Jeanville et les autres vont bien, murmura Camille.

– Hey ! Voilà la solution ! s'enthousiasma Justine. Quand elle ne nous verra pas revenir au point de rendez-vous, la prof d'anglais va s'inquiéter et lancer l'alerte !

Cette pensée les réconforta alors que l'hydroglisseur se perdait un peu plus dans la végétation.

12

À la pension, Mme Duquette profitait d'un peu de répit. Elle avait fait installer une télévision dans l'infirmerie et diffusait quelques films tournés dans la région pour distraire ses élèves qui ne pouvaient pas participer aux excursions. Elle surveillait particulièrement Sony et Tom, revenus de la plantation de canne à sucre étrangement possédés par des esprits. Les profs n'avaient rien dit devant les élèves, mais tous ressentaient un malaise depuis qu'ils étaient rentrés. Après de nouveaux échanges dignes d'un esclave et son maître au XIXe siècle, la prof de français s'était résolue, la mort dans l'âme, à distribuer des somnifères aux deux derniers pensionnaires de l'infirmerie pour éviter tout débordement pendant la nuit. Si Bruno Lestat ne revenait pas avec une solution, Mme Duquette et ses collègues suivraient les conseils des propriétaires de la pension : ils feraient appel à un exorciste local. Pas le genre de chose auquel elle s'était attendue en préparant le voyage.

Alors qu'elle raccrochait le téléphone après avoir tenté de contacter la police pour retrouver le prof d'histoire, elle passa la tête par la porte de l'infirmerie. La peau autour de ses boutons géants tirait. En France, elle serait déjà allée à l'hôpital… mais là, elle attendrait le passage du prochain médecin qui examinerait ses élèves. Elle ne devait pas oublier de lui poser la question, cette fois-ci.

Pour l'instant, tout allait bien. Lisa était dans son lit, tournée vers la télé. Anne-Gaëlle sur le sien, de l'autre côté de la chambre. Les garçons avaient poussé deux lits contre les fenêtres et s'étaient assis ensemble, comme sur un canapé. Ethan et Tom d'un côté, Cyprien et Sony de l'autre. Rien d'anormal.

La prof de français reprit ses recherches. Elle avait déjà essayé tous les hôpitaux des environs, la police et les pompiers. Il ne lui restait plus qu'à prendre l'annuaire et appeler les bars qui pouvaient se trouver entre la pension et la boutique ésotérique pour savoir si quelqu'un avait vu Lestat.

– Je vais tenter la boutique, pour voir s'il y est bien allé, murmura Mme Duquette en composant le numéro.

Elle se remémora l'image de la jeune Erzulie, avec ses dreadlocks et ses grains de beauté sur les pommettes. Pourquoi n'y avait-elle pas pensé avant ? Elle aurait dû commencer par là ! Sa certitude que son collègue avait des ennuis lui avait fait écarter la piste la plus logique.

Après plusieurs sonneries, la voix de l'adolescente répondit. Mme Duquette fit de son mieux pour lui expliquer la situation et décrire son collègue pour savoir s'il était passé la veille. Erzulie prit le temps de réfléchir, puis répondit par la négative. La prof de français soupira en la remerciant.

Avant de raccrocher, la jeune fille lui demanda si l'homme qu'elle cherchait avait fait quelque chose de mal. Mme Duquette crut comprendre « comme les autres », mais douta de son anglais face à l'accent d'Erzulie. Peut-être lui demandait-elle s'il s'agissait de quelqu'un de bien ? La prof de français ne sut pas quoi dire. Est-ce que Bruno Lestat entrait dans la catégorie des bonnes personnes ? Ce n'était pas la première description qui lui venait à l'esprit.

Elle éluda la question et la remercia une nouvelle fois pour son aide.

– *Good luck*, lui lança Erzulie.

Il y avait de l'ironie dans sa façon de souhaiter bonne chance. Mme Duquette raccrocha, plus inquiète qu'avant.

Un picotement lui titilla les chevilles. Elle faisait de son mieux pour ne pas gratter les énormes boutons qui la gênaient, mais ne put s'empêcher de les frotter l'un contre l'autre pour atténuer la démangeaison.

Au même moment, Cyprien quittait l'infirmerie.

– Où vas-tu ?

– Aux toilettes. *Benjamin Button* est fini. Ethan cherche un autre DVD.

La prof de français eut un mauvais pressentiment. Elle se précipita dans l'infirmerie.

– Ethan, qu'est-ce que tu as choisi ?

– *Twelve Years a slave*, répondit-il. C'est tourné dans le coin, et il y a eu pas mal d'Oscars.

– Je ne suis pas sûre que ce soit de votre âge…, commença Mme Duquette en observant les réactions de Tom et Sony.

Leurs fantômes ne s'étaient pas manifestés depuis la veille, mais évoquer l'esclavage risquait de les réveiller.

Ethan leva le DVD assez haut pour que les autres visualisent la jaquette.

– Qui vote pour voir un type se faire fouetter ?

– T'as pas autre chose ? grogna Lisa. Une histoire d'amour ?

– Bah, il y en a, dedans, je crois. Moi, j'ai envie de voir des gens s'en prendre plein la gueule. Ça me défoulera par procuration !

L'esclave dans le corps de Tom fixait le DVD avec intensité. Ses narines se dilataient de plus en plus vite à mesure que sa respiration s'accélérait. La machette qu'il avait volée à la plantation était cachée sous son matelas. Il avait prévu de s'en servir la nuit, mais la femme aux énormes boutons l'avait piégé avec ses drogues et il avait perdu le contrôle de son hôte pour quelques heures. Mais là, l'image de son frère, qui courait dans sa chemise blanche, l'aidait à y voir clair. La liberté était son objectif. Et il savait comment l'atteindre.

Il se tourna vers Sony, qui souriait bêtement, l'air très satisfait d'avoir profité de la situation pendant des années. Il allait payer pour tous les maîtres qui avaient mal traité leurs esclaves.

Tom glissa une main sous le matelas et dégagea lentement la machette.

Mme Duquette l'aperçut.

– Tom ! Non !

Trop tard. Il plaqua Sony contre lui et posa la lame rouillée contre son cou. Mme Duquette courut pour bloquer son bras mais Tom lui envoya un coup de coude en plein sur le bouton du cou. La prof de français tituba en arrière.

– J'aurais dû te noyer à la naissance, comme les chiots bâtards de ma propriété, lança Sony, les yeux étincelants de la lumière dorée qui le possédait.

Ethan observait la scène, fasciné. Lisa poussait de petits cris dans son lit. Anne-Gaëlle hurla :

– Lâche-le, Tom ! Laisse-le tranquille !

– Pour mes frères opprimés, déclara Tom d'une voix forte avant de faire glisser la machette.

Sony émit un gargouillement en portant les mains à sa gorge. Son sang giclait en éclaboussant les draps blancs autour de lui.

Tom le lâcha, et le délégué de classe s'effondra sur le carrelage moucheté de rouge. L'éclat doré de ses prunelles s'évanouit à mesure que la flaque sombre grandissait sous son corps.

13

Cyprien revint des toilettes et découvrit l'horreur de la scène. Tom, sa machette à la main, détaillait ses camarades de classe les uns après les autres, comme s'il se demandait qui allait être le prochain. Le corps de Sony baignait dans son sang à ses pieds. Mme Duquette, pliée en deux, se tenait le ventre d'une main et le cou de l'autre.

L'esclave qui avait pris possession du corps de Tom le fit s'avancer vers la prof de français, machette levée.

– Non ! hurla Cyprien en se précipitant.

Ethan vint lui prêter main-forte. Anne-Gaëlle cessa de pleurer et descendit de son lit pour aider les garçons à maîtriser le forcené.

– Lâchez-moi ! criait Tom en se débattant.

Ils réussirent à le faire reculer jusqu'au lit près de la fenêtre. Ethan tordit le poignet de son ami pour l'empêcher de se servir de sa machette. Pendant ce temps, Mme Duquette convulsait.

– Madame ? s'inquiéta Lisa depuis son lit. Madame ?

Les énormes boutons de ses chevilles ondulaient de façon étrange. Ceux de son ventre et de son cou pulsaient. La prof de français luttait contre la douleur et les démangeaisons de son corps. Le bubon de son cou comprimait sa trachée, l'empêchant de respirer. Elle ouvrait la bouche et la fermait comme un poisson hors de l'eau, les jambes secouées par des spasmes incontrôlés. Son visage perdit des couleurs à mesure qu'elle haletait en cherchant désespérément des secours.

– Madame ! cria Lisa, impuissante.

Elles échangèrent un regard, juste avant que les yeux de la prof de français se révulsent. À ce moment, il y eut un premier craquement. Le bouton du cou s'éventra dans un déchirement spongieux. Des dizaines de petites araignées au corps jaune, translucide, s'échappèrent de la plaie et se mirent à courir dans toute l'infirmerie.

Lisa se redressa dans son lit en hurlant.

Le groupe qui essayait de maintenir Tom s'arrêta net devant l'horreur des bestioles qui grouillaient dans leur direction. Il y eut deux claquements secs et d'autres arachnides s'échappèrent des chevilles de la prof de français.

Sans se concerter, Ethan, Cyprien et Anne-Gaëlle lâchèrent Tom et se précipitèrent vers les lits les plus proches.

Le ventre de Mme Duquette explosa à son tour, déversant de nouvelles araignées au milieu d'une coulée de pus.

Celles-ci filèrent droit vers le lit de Lisa. La jeune fille, hystérique, paniqua quand les bêtes réussirent à monter jusqu'aux draps en quelques secondes. Elle tourna la tête très vite pour chercher une échappatoire, mais sa commotion cérébrale lui fit perdre l'équilibre. La douleur irradia dans son crâne. Un filtre rouge voila le plafond de l'infirmerie qui s'éloignait. Puis il y eut un choc. Le carrelage. Le goût du sang dans sa bouche. Et plus rien.

Lisa gisait sur le sol, les yeux ouverts.

Pendant ce temps, Tom, libéré de ses entraves, affirmait sa prise sur la machette. Il avança sans peur vers les araignées. Ses pieds broyaient les petits corps. Il cueillit quelques bêtes du bout de la lame de sa machette et les projeta contre les murs. Les carapaces se brisèrent sous la force de l'impact. Les araignées retombèrent, inertes, les pattes recroquevillées vers le ciel. L'adolescent possédé les écrasait impitoyablement sous ses talons.

La nuée grouillante le prit pour cible, s'insinua sous son pantalon et grimpa le long de ses jambes en le mordant au passage. L'esprit vengeur trancha le tissu sans s'émouvoir des larges entailles dans la peau de son hôte. Il écrasa rageusement les araignées en colère tandis que ses jambes ruisselaient de sang.

Ça ne suffisait pas. Dès que Tom en éliminait une poignée, d'autres revenaient à l'attaque.

Anne-Gaëlle cherchait à ouvrir la fenêtre pour s'échapper, mais il n'y avait pas de poignée. L'adolescente frappa de toutes ses forces avec ses mains, à s'en bleuir les articulations. Cyprien comprit ce qu'elle tentait et attrapa la lampe la plus proche pour essayer de briser le double vitrage.

Ethan, lui, repéra l'armoire à pharmacie fermée à clef. Un éclair de lucidité le traversa. Il mit la main dans sa poche et ne put s'empêcher de sourire en trouvant le briquet dont il se servait pour fumer en douce. Le garçon passa d'un lit à l'autre pour atteindre l'armoire à pharmacie. Il l'ouvrit d'un coup de poing, attrapa un flacon d'alcool à 90° et le balança en direction du pantalon de Tom, en lambeaux sur le sol, au milieu des araignées. La bouteille se brisa. Quelques secondes plus tard, un morceau de drap enflammé embrasa le tout. Les araignées se recroquevillèrent sur elles-mêmes en brûlant.

Ce qu'Ethan n'avait pas prévu, c'est que des gouttelettes d'alcool avaient éclaboussé les jambes de Tom au passage. Les flammes se propagèrent à l'adolescent qui se mit à hurler. Le feu monta jusqu'aux vêtements du garçon qui tendait les bras vers le ciel, comme pour s'échapper. Une volute de brouillard sortit de sa bouche tandis que le fantôme désertait ce corps blessé.

Tom lâcha sa machette en s'écroulant. Anne-Gaëlle comprit très vite que leur camarade était de nouveau lui-même et qu'il allait mourir, lui aussi, si personne ne faisait rien. Elle attrapa une couverture sur le lit le plus proche et la jeta sur Tom pour étouffer les flammes. Cyprien l'imita pour couvrir la flambée qui avait exterminé les araignées.

Tom était toujours vivant, mais ses jambes ruisselaient de sang et ses brûlures le faisaient atrocement souffrir. Il geignait sans discontinuer tandis qu'Anne-Gaëlle se tournait vers Ethan et Cyprien.

– Qu'est-ce qu'on va faire ? interrogea-t-elle, perdue.

Les yeux d'Ethan se transformèrent soudain en deux puits noirs, comme si sa pupille s'étirait pour en couvrir toute la surface. L'adolescent se mit à rire avec une voix étrangement déformée.

– Oh non, gémit Anne-Gaëlle.

– Tu crois que c'est le fantôme de Tom qui a changé de corps ? lui demanda Cyprien en tentant de s'éloigner le plus possible de la brute.

Son attitude et son regard ne ressemblaient pourtant ni au fantôme de Tom, ni à celui qu'avait abrité Sony avant sa mort.

– Vous n'avez pas encore compris ? ricana une voix aiguë dans la bouche d'Ethan. Vous êtes maudits. Vous êtes tous maudits ! Et rien ne pourra vous sauver !

L'adolescent descendit lentement du lit et s'approcha des derniers élèves debout dans l'infirmerie.

– Vous allez tous mourir. Jusqu'au dernier des douze.

14

Louis guidait toujours les élèves à travers les dédales des marécages du bayou. Ils s'étaient tellement enfoncés dans le couvert des arbres, sur des bras d'eau à peine plus larges que l'hydroglisseur, que le ciel avait disparu. La nuit aurait pu tomber, les adolescents ne s'en seraient pas aperçus.

Ils se terraient au centre de l'embarcation, comme si un alligator géant risquait de jaillir par-dessus bord pour les démembrer. Camille ne quittait pas le fusil garni de fléchettes tranquillisantes. Elle avait fait du tir à la carabine une fois, dans une fête foraine, et avait mis dans le mille, décrochant une peluche pour sa petite sœur. Elle comptait sur la chance pour l'aider si les circonstances l'amenaient à se servir de l'arme. Même si la chance ne semblait pas franchement de leur côté pendant ce voyage scolaire.

Emma, issue d'une famille croyante, était plongée dans des prières silencieuses. Elle avait prévenu depuis le départ que le voyage allait mal tourner, et les événements lui donnaient raison. En se balançant d'avant en arrière, elle se demandait quelle part de responsabilité elle avait dans le drame. Avait-elle attiré le mauvais œil en parlant des alligators tueurs ?

Quant à Raphaël et Justine, ils réalisèrent qu'ils ne s'étaient pas lâché les mains. Ils culpabilisaient tous les deux. Le garçon, pour avoir acheté ce talisman de malheur. La fille, pour avoir pratiqué un rituel vaudou sans maîtriser cette magie. Justine se rendit compte que, par sa faute, elle avait peut-être attiré le danger sur Raphaël, plus que tous les autres sur le bateau.

– Je suis désolée, lui dit-elle sans qu'il comprenne pourquoi.

Il fronça les sourcils en cherchant ce qu'elle avait pu dire ou faire contre lui. Si quelqu'un devait présenter ses excuses pour son comportement, c'était plutôt lui !

– C'est moi qui suis nul, répondit-il. Je n'aurais jamais dû te quitter.

Il n'ajouta pas « comme ça » parce qu'il le pensait sincèrement. Ce n'était pas la forme, le problème. Cette rupture dans l'aéroport devant presque toute la classe. C'était la raison profonde, la pression de ses amis. Ethan et Tom pouvaient bien penser ce qu'ils voulaient, Raphaël saurait leur tenir tête. S'ils lui demandaient encore de choisir entre Justine et eux, ce serait Justine.

– Est-ce que tu veux bien me pardonner tout ce que j'ai dit ou fait depuis Orléans ? Qu'on reparte à zéro ?

Des larmes montèrent aux yeux de Justine.

– Je ne peux pas, je… j'ai fait des choses, moi aussi…

Un courant glacé traversa le ventre du garçon. Qu'est-ce qu'elle avait fait de si grave ? Elle l'aurait trompé ? Avec qui ? Et quand ? Il ne voyait aucun moment au cours des visites, ni aucun garçon à la hauteur dans la classe.

– J'ai acheté une poupée vaudou, murmura enfin Justine.

Raphaël fut aussitôt soulagé. Puis un doute le prit.

– Tu… t'en es servi contre moi ?

Justine hocha la tête.

– Je ne voulais pas te faire de mal, promit-elle. Mais j'étais tellement triste… et tu étais si…

– Ouais, je vois.

Il ne l'avait pas ménagée durant ces derniers jours. Pas étonnant qu'elle ait eu envie de se venger.

Raphaël réfléchit à toute vitesse. Pouvait-il encore lui pardonner ? Bien sûr.

– Écoute, ce n'est pas grave. Quoi que tu aies fait, ça n'a rien à voir avec ce qui nous arrive.

– Tu crois ?

– Est-ce que tu as utilisé un petit crocodile en plastique pour me dévorer ? demanda-t-il d'un ton taquin.

Justine réussit à sourire.

– Non, c'est vrai.

– Alors tout va bien. Mais je t'avoue que je serais plus rassuré quand elle sera détruite et que personne ne pourra me manipuler comme un pantin.

– Ce n'est pas comme ça que ça marche, s'amusa Justine en séchant ses larmes.

– Tant mieux. Alors ? On est quitte ? Je veux dire, je te pardonne, tu me pardonnes, et on se remet ensemble ?

Elle l'examina attentivement pour juger de son sérieux puis répondit, avec un air espiègle :

– Hum, je vais réfléchir à la question.

– Allez, Ju ! lui dit-il avec la petite moue adorable qu'elle aimait tant.

– Si on sort vivants de cet endroit, répondit-elle, plus sérieuse, en serrant sa main dans la sienne.

Raphaël se tourna vers les arbres tordus couverts de longs filaments de mousse. Une forêt dense se dressait à présent sur les berges. Chaque feuille qui bougeait semblait hostile. Les rares éclats de soleil qui filtraient à travers la canopée révélaient les insectes qui grouillaient dans l'air et les particules en suspension. Entre les racines des cyprès chauves, des aigrettes bleues pataugeaient dans les flaques saumâtres. Les échassiers plongeaient leur long bec pointu à la recherche de crevettes prisonnières de la vase. L'un d'eux releva la tête au passage de l'hydroglisseur. Il cria un avertissement à ses congénères, qui se redressèrent à leur tour. Pourtant, Raphaël n'eut pas l'impression que les oiseaux se méfiaient des humains. Au contraire, ils semblaient fâchés par le passage du bateau qui dérangeait leur fouille.

Le garçon frissonna en se rappelant les corbeaux qui s'étaient rassemblés sur les grilles de Jackson Square et les moineaux qui s'en étaient pris à un écureuil. Est-ce que tous les oiseaux du coin étaient des tueurs potentiels ?

Par association d'idée, il pensa au « Corbeau », M. Lestat. Il imagina son prof d'histoire se matérialiser en plein bayou, prêt à les défendre.

Mais M. Lestat était un être humain ordinaire. Et il avait disparu. M. Choisel était mort. Mlle Jeanville ne s'apercevrait pas de leur absence avant plusieurs heures. Et Mme Duquette ne pouvait pas deviner dans quel pétrin ils s'étaient fourrés.

Aucun de leurs profs ne viendrait à leur secours.

– On dirait des hérons que quelqu'un aurait trempé dans de l'encre, déclara Emma d'un ton lugubre en fixant les aigrettes, de plus en plus nombreuses.

– C'est beau, ce dégradé presque violet de leur cou, tenta Camille.

Elle transféra le fusil dans sa main gauche, le temps de sortir son portable pour faire une photo.

– T'as que ça à faire ? grogna Raphaël. Immortaliser ce moment ?

Justine lâcha la main du garçon et prit la défense de son amie.

– Et pourquoi pas ? Ça ne fait pas de mal de voir la beauté de ce monde pourri, quand même.

Camille zooma sur les oiseaux qui penchèrent la tête sur le côté, comme s'ils entendaient un bruit venant du sol. Ou quelqu'un qui leur parlait.

L'un d'eux piailla. Les autres lui répondirent de la même manière, déchirant le silence du sous-bois humide. Puis les aigrettes s'envolèrent. Les grenouilles plongèrent. Les tortues rentrèrent dans leur carapace.

– *Holly shit* ! jura Louis en se rendant compte que les oiseaux prenaient de l'altitude pour se placer en position d'attaque.

À l'horizon, une pirogue était amarrée à un arbre. C'était son repère, l'endroit où il devait s'arrêter pour rejoindre la cahute d'Ayida et Damballah. Il accéléra en espérant de tout son cœur ne pas s'embourber.

Les aigrettes plongèrent en criant.

– *Down, down* ! hurla Louis en faisant signe aux adolescents de s'aplatir au fond de l'embarcation. Couvrez-vous la visage !

Raphaël poussa Justine entre deux sièges et la protégea en faisant écran de son corps. Emma ne fut pas assez rapide : un oiseau enserra ses cheveux dans ses griffes crochues. Il traîna la première de la classe en direction du bord, comme s'il voulait la faire basculer dans l'eau. Elle se débattit de toutes ses forces pour se dégager. Par réflexe, elle réussit à attraper la barrière de sécurité et à s'y cramponner. L'oiseau continua sa course avec une poignée de cheveux de la jeune fille en guise de trophée.

Camille leva le fusil et tira une fléchette droit sur une aigrette qui l'évita d'un battement d'ailes. L'oiseau semblait furieux. Bec en avant, il gagnait de la vitesse. La jeune fille recula, paniquée. Elle ne savait pas comment recharger son arme !

D'autres oiseaux la prirent pour cible tandis que Louis chassait ceux qui lui tournoyaient autour avec la batte de base-ball qu'il avait tirée de sous son siège.

Camille s'inspira du guide. Elle tourna le fusil et se servit de la crosse pour cogner les oiseaux qui s'approchaient trop près d'elle. Cela ne fit que renforcer la fureur de ses assaillants. Les aigrettes se jetèrent toutes sur la jeune fille. Leurs griffes lacéraient la peau de ses bras à chaque passage. Pendant que Camille frappait à gauche, un oiseau piquait à droite. La douleur irradia soudain du front au cou de l'adolescente : le volatile lui arracha un morceau de joue et reprit de l'altitude en le dévorant.

Camille couvrit sa plaie avec sa paume. La chaleur du sang qui coulait entre ses doigts n'était rien en comparaison de la brûlure qu'elle ressentait sur tout le côté du visage. Elle tituba. Réussit à s'accroupir près d'une rambarde.

– On y est presque ! hurla Louis pour que les adolescents gardent espoir.

Emma, le tee-shirt en lambeaux et le dos suintant de plaies, rampa jusqu'au guide pour qu'il la protège des aigrettes qui ne semblaient pas rassasiées.

– Quand j'arrête le bateau, vous sautez à terre et vous courez à l'abri sous les arbres, *OK* ? *You jump and you run* !

– OK, répondit Emma, prête à tout accepter pourvu que les oiseaux les laissent tranquilles.

Raphaël releva la tête au-dessus des sièges pour repérer l'endroit où ils allaient accoster.

– Reste cachée, souffla le garçon à Justine. Attends mon signal.

Un nouvel escadron d'échassiers volait à côté de l'hydroglisseur. Leur bruissement d'ailes, qui ressemblait à un roulement de tambour, couvrait presque le son de l'hélice.

– *Ready* ? demanda Louis en ralentissant à hauteur de la pirogue.

Camille se redressa la première. Elle s'apprêta à sauter, les genoux pliés.

Les aigrettes changèrent de cap d'un seul coup. Elles se précipitèrent sur le flanc de la jeune fille. Déséquilibrée par les oiseaux, Camille lâcha le fusil en moulinant des bras pour se rattraper dans l'air. La dernière aigrette, tout au bout du « V » de la formation, arriva droit au niveau de son visage. Le bec bleuté pénétra dans l'œil de Camille et continua sa course jusqu'à rencontrer un os trop résistant pour lui. L'adolescente bascula par-dessus bord en poussant un hurlement déchirant.

– Camille ! cria Justine en se dégageant de l'étreinte de Raphaël.

– C'est trop dangereux ! répondit celui-ci en tentant de la retenir.

Mais les oiseaux reprenaient de l'altitude pour préparer une nouvelle attaque.

– *Now* ! hurla Louis. *Run* !

Il attrapa Emma par le bras, la remit sur pied en une seconde, traversa le bateau en quelques enjambées, jeta une corde vers la berge…

– *Move* ! ordonna-t-il encore.

Justine se cramponnait à la rambarde pour chercher le corps de son amie dans l'eau. Raphaël l'obligea à quitter l'hydroglisseur.

– Viens.

Ensemble, ils se retrouvèrent sur le sol meuble dont les racines noueuses semblaient autant de mains prêtes à retenir leurs chevilles. Raphaël aida Emma à les rejoindre tandis que Justine, tétanisée par la mort de son amie, n'arrivait plus à réfléchir. Dans le ciel, les aigrettes en formation visaient maintenant le dos de leur guide.

– Louis !

Celui-ci se baissa le temps de récupérer son fusil.

– *Run* ! dit-il en désignant le sous-bois.

Emma, Justine et Raphaël détalèrent à l'abri des arbres, en espérant de toutes leurs forces que les oiseaux meurtriers abandonneraient leur traque.

15

Ethan tendit les bras vers un Cyprien pétrifié et se mit à lui serrer la gorge.

Anne-Gaëlle se redressa. Elle jeta un œil à la porte. Pourrait-elle atteindre le téléphone avant qu'Ethan – ou l'être maléfique qui avait pris possession de la brute – s'en prenne à elle ? Elle devait gagner du temps pour Cyprien.

Elle joignit les mains et abattit ce double poing sur la tête d'Ethan qui tituba en lâchant sa victime. Cyprien prit aussitôt sa revanche sur son agresseur. Il le frappa jusqu'à ce qu'il tombe, puis, à califourchon sur son torse, frappa encore.

Anne-Gaëlle se précipita en direction de la porte en se tenant les côtes. Elle ne pensait qu'à une chose : le téléphone. Elle devait appeler les secours. La police. N'importe qui.

Son pied glissa soudain dans le sang qui s'échappait du crâne de Lisa. L'adolescente en surpoids s'écroula sur le carrelage. Une douleur vive lui transperça le ventre.

Le souffle court, Anne-Gaëlle pivota sur le côté, en se persuadant que la douleur irradiait uniquement de ses côtes brisées. Elle se raccrochait aux explications rationnelles au milieu de l'horreur dont elle avait été témoin durant ces dernières minutes. Mais lorsque sa main rencontra le manche qui dépassait de son ventre, la jeune fille réalisa ce qui venait de se passer. La machette s'était coincée quelque part quand Tom l'avait lâchée. Et Anne-Gaëlle s'était empalée dessus en tombant.

De grosses gouttes de sueur perlèrent à son front. Tout allait bien. La douleur était supportable, et elle ne perdait pas trop de sang. Elle pouvait encore ramper jusqu'au téléphone. Il ne fallait surtout pas retirer la machette, sinon ses intestins se répandraient sur le sol et tout serait terminé.

Elle serra les dents et avança de quelques centimètres.

La tête d'Ethan ballottait sous les poings de Cyprien. Le souffre-douleur de la classe s'arrêta pour reprendre sa respiration. Ses mains lui faisaient mal, mais il avait enfin l'occasion de se venger de tout ce que lui avait fait subir Ethan depuis des années.

La brute ouvrit les paupières. Le voile noir qui recouvrait ses orbites se délita peu à peu. Qui que soit la personne qui avait parlé par sa bouche, en disant qu'ils étaient tous maudits, elle se retirait de l'esprit d'Ethan. Celui-ci grogna :

– T'as fini ?

Cyprien regarda ses mains abîmées par les coups. Puis autour de lui. Les cadavres de Sony, de Mme Duquette, de Lisa… Tom avait rendu son dernier souffle, lui aussi. Il n'y avait qu'Anne-Gaëlle qui bougeait encore, mais sa façon de ramper avec la machette qui la traversait de part en part donnait l'impression qu'une baleine échouée tentait de quitter le rivage après avoir été harponnée.

Cyprien s'assit sur le carrelage, laissant Ethan se redresser. Le souffre-douleur de la classe eut soudain peur que l'autre se remette à l'étrangler, mais Ethan était lui aussi chamboulé par le massacre.

– Tu te souviens de ce qui vient de se passer ? demanda Cyprien.

– Avant ou après que tu te défoules sur ma figure ?

Il porta la main à sa lèvre qui doublait de volume.

– J'étais comme… en retrait, finit par dire Ethan,

les yeux dans le vide. Comme si je me regardais agir et parler… Ou plutôt, je la voyais, elle, jouer avec mon corps comme si c'était une marionnette.

– C'était qui ? murmura Cyprien qui ne voulait pas la faire revenir.

Ethan secoua la tête. Il l'ignorait.

– Elle a dit qu'on était maudits. Et qu'on allait tous mourir, insista Cyprien.

– Tous les *douze*, corrigea Ethan.

Ils comptèrent autour d'eux. Ils étaient sept. Quatre morts. Une blessée. Et deux rescapés de justesse.

Qui étaient les cinq autres ? Et quel rapport avec eux ?

– Arrête de gémir, toi, là-bas ! lança Ethan à Anne-Gaëlle. On essaye de réfléchir !

– Vous… feriez mieux… d'appeler… les secours, soupira-t-elle dans un râle.

Ethan se leva et aida Cyprien à faire de même.

Ils avancèrent prudemment en direction du téléphone, dépassèrent la blessée. Celle-ci interrompit enfin ses efforts. Elle haletait. Son tee-shirt était imbibé de sueur et de sang, surtout celui de Lisa, qu'elle essuyait au passage. La machette la gênait.

– Tu penses qu'il faut l'enlever ? demanda Cyprien en tendant la main vers le manche.

– Non ! hurla Anne-Gaëlle. Laisse-moi !

– Bon, bon. Je veux juste aider, tu sais.

– Pour une fois que quelqu'un voulait te toucher…, commença Ethan.

– Oh, fermez-la.

– Toute la classe se fait massacrer et il faut que je me retrouve avec vous deux, soupira Ethan. La sorcière a raison : je suis vraiment maudit.

16

Louis, sa batte de base-ball dans une main, le fusil tranquillisant dans l'autre, couvrait Emma, Justine et Raphaël alors que les aigrettes bleues fonçaient toujours, bec en avant, prêtes à empaler leurs ennemis humains. Dès que le guide se sentit rattrapé, il plaqua les adolescents au sol. Les oiseaux en formation continuèrent leur course tout droit, puis, d'un seul coup, ils s'éparpillèrent dans tous les sens.

– Qu'est-ce qui leur arrive ? demanda Justine.

– On dirait qu'ils ont peur de quelque chose, constata Emma.

Les oiseaux ne dépassaient pas une limite invisible. Comme si un mur se dressait au milieu des arbres. Ils finirent par renoncer et s'enfuirent en piaillant.

Le petit groupe se remit debout en chassant la terre qui salissait leurs vêtements.

– Je parie que c'est là qu'on doit aller, murmura Raphaël en désignant la limite que les oiseaux ne voulaient pas franchir.

Louis prit la tête du groupe et les mena effectivement dans cette direction.

– Ayida et Damballah ne sont pas très loin. Si quelqu'un peut encore sauver vos amis…

Justine revit Camille basculer par-dessus bord, l'œil crevé et la joue lacérée. Elle n'arrivait pas à croire qu'elle était morte. Pourvu que le fameux couple de Mambos puisse la ramener. La voix de son amie, en train de chanter du Christophe Maé, lui fit monter les larmes aux yeux.

« Ça fait mal, de vivre sans toi… », oh, Camille, tu n'as pas idée.

Raphaël lui prit la main pour l'inciter à avancer.

– Bon, alors, voyons un peu ce qui a effrayé les…

Emma s'arrêta net. Le chemin semblait dégagé. De là où ils se trouvaient, ils voyaient bien la petite cahute située au bout d'une allée tapie de feuilles. Des buissons épineux bordaient la clairière tout autour de la maisonnette. Aucun autre accès. C'était trop beau pour être vrai, il devait y avoir un piège.

Louis passa le premier. Il retint sa respiration et posa un pied prudent sur le chemin. Des sifflements mécontents s'élevèrent. Le guide fit un autre pas. Rien ne bougeait, mais le son des crécelles s'amplifiait.

– Des serpents, murmura Emma à l'affût du moindre mouvement.

– Oh non ! gémit Justine.

– *Follow me*.

Louis écarta une liane rayée – qui n'en était pas une – avec le canon de son fusil. Emma marcha dans ses pas, les mains serrées l'une contre l'autre. Raphaël encouragea Justine :

– Je reste juste derrière toi.

La jeune fille étouffa la tristesse liée à la mort de Camille. Elle ne pouvait pas se permettre de pleurer maintenant. Elle devait être forte si elle voulait sortir de cet endroit maudit.

Raphaël était moins souple que Justine, Emma, ou même le guide. Il ne savait pas où placer ses grands bras et ses jambes trop longues. Il marchait voûté de peur de se trouver nez à nez avec l'un des animaux à sang froid qui se dissimulaient autour d'eux.

– *Come on*, on y est presque, les encouragea Louis.

Emma trébucha soudain sur une racine. Raphaël et Justine se figèrent en voyant le bois onduler pour entourer la cheville de la première de la classe. Une langue bifide filtra entre deux crocs emplis de venin.

Emma leva son menton maculé de terre vers Louis en l'implorant de faire quelque chose. Le guide tira une fléchette tranquillisante à bout portant, en plein dans la tête du serpent qui s'effondra.

Louis aida Emma à se relever.

– Tu es OK ?

La jeune fille tremblait.

– *Come on.*

Ils repartirent à pas lents, évitant chaque morceau de bois suspect. Les sifflements persistaient. La menace était toujours là, cachée, prête à fondre sur les intrus.

Emma franchit les derniers mètres qui la séparaient de la clairière. Louis fit signe aux amoureux d'avancer plus vite. Il lui semblait que des lianes dissimulaient maintenant le chemin derrière eux. Les serpents formaient des ombres mouvantes qui resserraient peu à peu leur étau.

Une liane descendit lentement entre deux branches, juste à côté du cou de Justine. Louis écarquilla les yeux.

– *Don't move.*

Le serpent avait la couleur de l'écorce. Sa tête triangulaire se posa sur l'épaule de Justine qui se mit à haleter. Raphaël ne savait pas comment l'aider.

Le guide indiqua au garçon de continuer. Il lui confia le fusil tranquillisant en déclarant :

– Je m'occupe de elle.

Justine, pétrifiée, échangea un regard avec le garçon. Elle voulait qu'il s'en sorte, lui, au moins.

Raphaël fit quelques pas de plus en direction d'Emma, qui l'attendait.

Le serpent glissa lentement contre Justine qui ferma les yeux et se retint de hurler. La petite langue de l'animal frôlait la peau de son cou. Le serpent hésita un instant à continuer sa progression vers l'autre épaule – d'où il aurait pu s'enrouler pour étouffer l'adolescente – mais obliqua vers le bas en direction de son décolleté.

– C'est froid ! Enlevez-le-moi ! supplia-t-elle.

Louis agit très lentement. Il saisit l'animal juste derrière la tête et le souleva pour libérer Justine. Dès qu'elle put à nouveau bouger sans risque, le guide murmura :

– *Go.*

La jeune fille ne se le fit pas dire deux fois. Elle se mit à courir, concentrée comme jamais pour éviter tous les serpents qui pouvaient se trouver entre elle et ses amis.

Louis posa l'animal sur le sol avec autant de délicatesse que possible. Mais, dès qu'il relâcha sa prise à l'arrière de la tête, le serpent pivota sur lui-même et jaillit, gueule ouverte, en direction du cou de l'homme. Ses crocs se plantèrent dans la gorge de Louis qui tituba.

– Oh, non ! s'affola Justine.

Raphaël la retint par le bras.

– Tu ne peux rien faire pour lui…

Louis s'effondra, le dos contre un arbre, avec le serpent accroché à son cou. Le guide tentait d'écarter la gueule de l'animal pour lui faire lâcher prise mais le poison agissait déjà.

Emma cria :

– Il faut trouver Ayida et Damballah ! Vite !

Sa voix électrisa les deux amoureux qui se remirent en mouvement. Ils suivirent Emma sans réfléchir, en regardant de temps en temps par-dessus leur épaule pour s'assurer que Louis était toujours vivant.

17

Emma tambourina contre la porte de la cahute jusqu'à ce qu'un type immense vienne ouvrir. Damballah mesurait facilement deux mètres et sa corpulence imposante donnait l'impression qu'il pouvait soulever les trois adolescents d'une main, mais son visage doux et les nombreuses rides qui plissaient son front ne le rendaient pas effrayant. Il était vêtu d'une chemise blanche, retroussée aux manches, et ouverte sur son torse. Des poils, aussi gris que ses cheveux, bouclaient sur sa poitrine. Ses yeux brillaient comme deux étoiles au milieu de sa peau noire de nuit.

Emma ne lui laissa pas le temps de demander ce qu'ils faisaient là. Elle bredouilla dans un anglais approximatif qu'ils avaient besoin d'aide et que leur guide s'était fait mordre par un serpent.

Le visage paisible de Damballah se contracta.

– Entrez, leur dit-il en français, avec un léger accent propre aux Acadiens.

Dans le même temps, il sortit d'un pas décidé en agitant des bracelets décorés de grelots et en sifflant de courtes notes précises. Les adolescents n'osèrent pas pénétrer dans la maison sans lui. Ils l'observèrent tandis qu'il approchait de Louis. Le chemin sembla se dégager subitement. Les serpents camouflés s'écartaient. On aurait dit que les animaux obéissaient à l'homme. Ça expliquait le peu de risques qu'il prenait en habitant ici.

Damballah décrocha le serpent qui avait mordu le guide, puis il souleva Louis et le porta dans ses bras jusqu'à la cahute.

– Alors ? Ne restez pas là ! lança une voix de femme depuis la maison.

Les adolescents sursautèrent. Ils précédèrent le retour de Damballah et Louis de quelques secondes.

Tandis que leur hôte installait le guide sur un lit et l'examinait, les enfants découvrirent Ayida. Elle était aussi petite que Damballah était grand. Ils avaient sensiblement le même âge – ou peut-être Ayida était-elle un tout petit peu plus âgée, au vu des cheveux blancs qui striaient sa coupe afro. Alors que son mari portait des couleurs claires, Ayida était parée d'une robe ample aux tons criards, mais dont l'harmonie était indéniable. Ses nombreux bracelets tintaient à ses poignets.

– Approchez. Approchez, les encouragea-t-elle.

Emma, Justine et Raphaël obéirent en jetant de temps en temps des œillades affolées vers Louis qui semblait avoir perdu connaissance.

– Oh, ne vous inquiétez pas. Il va s'en remettre.

Ayida n'avait pas besoin d'examiner le guide. Elle avait confiance dans les capacités de guérison de Damballah. Et elle consultait l'arrangement de petits os et de plumes disposés sur la table basse devant elle.

Elle fit signe aux enfants de s'asseoir.

– Alors ? Si vous m'expliquiez ce qui vous arrive ?

– On est en voyage scolaire, commença Emma en essuyant ses mains moites sur son pantalon. On vient de France. On est arrivé dimanche soir.

– Et depuis, on n'a que des ennuis, continua Raphaël.

– Il y a eu les araignées énormes dans notre salle de bains, avec des cafards, des vers et des grillons, raconta Justine. Et mon amie Lisa s'est blessée à la tête...

– Tu oublies le char qui a foncé sur Anne-Gaëlle pendant la visite du *Mardi Gras World,* corrigea

Emma. Et les moineaux qui se sont suicidés contre notre tram.

– Un garçon de mon dortoir est devenu somnambule et a essayé de tuer mon meilleur ami pendant la nuit… Et mon autre meilleur ami s'est comporté de façon très étrange après la visite de la plantation de canne à sucre… comme s'il avait changé de personnalité. Vous voyez ?

Ayida hocha la tête en leur demandant de continuer.

– Et là, M. Choisel s'est fait manger la jambe par un alligator, expliqua Emma en retenant un sanglot. Il est tombé à l'eau et Louis a dit de venir vous voir.

Elle désigna le guide du menton.

– Mon amie Camille est tombée à l'eau, elle aussi, avoua Justine. Un oiseau lui a…

Elle ne put pas continuer. Se remémorer l'image de Camille avec son œil crevé par le bec de l'aigrette bleue lui donnait la nausée.

– *Okay, okay. Relax.*

Ayida se tourna vers son mari, qui avait tout entendu de là où il se trouvait. Celui-ci hocha la tête pour confirmer à sa femme qu'il était d'accord pour agir.

– Vous voulez faire revenir votre professeur et votre amie, c'est bien ça ?

– Oh oui, madame ! S'il vous plaît ! Si vous pouvez remonter le temps ou effacer tout ce qui est arrivé…

– Je ne peux pas faire ça. Mais je vais m'ouvrir au monde des esprits. S'ils ne sont pas encore partis, ils peuvent peut-être retourner dans leurs corps.

Ayida se plaça en tailleur sur le fauteuil qu'elle n'avait pas quitté, fit brûler un cône d'encens qui ajouta son parfum épicé aux odeurs qui flottaient dans la cahute, et se mit à respirer profondément, les paupières closes.

Les adolescents n'avaient plus d'autre espoir. Il fallait que ça fonctionne.

Soudain, la prêtresse vaudou ouvrit les yeux d'un coup, comme si quelque chose l'avait brutalement sortie de sa transe.

– Ils sont déjà dans leurs corps, murmura Ayida.

– Comment ça ? s'étonna Justine. Ça veut dire qu'ils sont en vie ? Alors on les a abandonnés au milieu des marais ?

Ayida dévisagea la jolie brune.

– Je suis désolée mais quelqu'un est déjà intervenu pour vos amis.

– Un autre prêtre vaudou les a ramenés à la vie ? demanda Raphaël qui ne comprenait plus rien.

– Pas exactement. Quelqu'un est allé chercher leur esprit dans l'entre-deux-mondes mais a choisi de les faire basculer… du mauvais côté de la vie.

– Vous ne pourriez pas être plus claire ? s'énerva Emma. Qu'est-ce que ça veut dire, tout ce charabia ? Ils sont morts ou ils ne sont pas morts ?

– Ils sont morts. Et quelqu'un les contrôle, à présent. Quelqu'un de malfaisant. Quelqu'un qui a lancé une malédiction si puissante qu'elle ne laisse aucun repos à ses victimes, même après leur mort.

Dans les marais du bayou, entre un tronc d'arbre et une grappe de lentilles d'eau, de grosses bulles se mirent à bouillonner.

18

Ethan et Cyprien avaient presque atteint le téléphone.

– C'est le 911 qu'il faut faire ici, pour appeler les secours, c'est ça ? demanda Cyprien.

– Écoute… Je vais appeler ma mère. Elle saura quoi faire.

La brute dévisagea le gringalet. S'il s'avisait de faire le moindre commentaire… Mais Cyprien hocha la tête.

– Il y a un code pour l'international. Attends, je crois que c'est noté quelque part…

Un bruit étrange leur fit froid dans le dos. Ça tenait autant du tintement métallique que de la pastèque qui s'ouvre en deux. Des gémissements résonnèrent dans l'infirmerie.

– Anne-Gaëlle ? Ça va ? demanda Cyprien en passant la tête par l'embrasure de la porte.

Il se retrouva nez à nez avec Lisa. Ou plutôt, le cadavre de Lisa. Ses longs cheveux blonds, collés par le sang, masquaient une partie de son visage. Elle tenait la machette à la main. Derrière elle, le ventre d'Anne-Gaëlle se vidait sur le carrelage.

Le corps à moitié brûlé de Tom rampait vers la sortie. Sony se redressait, lui aussi, un sourire sanglant dessiné sur la gorge.

Cyprien n'eut pas le temps de réagir. Lisa lui enfonça la machette sous le menton. L'arme transperça son crâne. Il mourut sur le coup. Lisa l'abandonna et se concentra sur Ethan.

Celui-ci lâcha le téléphone et se mit à courir vers la porte d'entrée. Mme Duquette, affreusement défigurée par les plaies suppurantes dont avaient jailli les araignées, rejoignit Lisa et Sony. Les monstres avancèrent en grognant pour empêcher Ethan d'atteindre la sortie.

Au moment où il frôlait la poignée, des doigts se refermèrent sur sa cheville. Tom.

Ethan se dégagea, arrachant le poignet de son ami au passage, mais Mme Duquette lui posa la main sur l'épaule. Lisa le maintint de l'autre côté.

Anne-Gaëlle, portant ses intestins dans ses mains, et Cyprien, la machette toujours fichée en travers du visage, approchèrent à leur tour pour aider les autres morts à en finir avec la brute.

Les cris d'Ethan furent étouffés par les six zombies qui s'agglutinèrent autour de lui. Ils le mirent en pièce, morceau par morceau, le dépecèrent et l'éviscérèrent jusqu'à ce que son corps sanguinolent ne ressemble plus à celui d'un adolescent.

*

Dans le bayou, M. Choisel rampait hors de l'eau près de la pirogue et de l'hydroglisseur. Sa peau gonflée, déformée par la noyade, le rendait monstrueux. Il dégageait une odeur de vase putride et l'eau sombre qui gouttait autour de lui ne semblait pas plus engageante.

Lorsqu'il voulut se mettre debout, sa jambe manquante lui fit perdre l'équilibre. Il se retint au tronc d'un arbre.

Quelques secondes plus tard, Camille émergea à son tour. Il lui manquait un œil. Sa joue en lambeaux laissait voir la moitié de sa mâchoire.

Elle claudiqua jusqu'au prof de sport qui prit appui sur elle.

Sans se concerter, les deux zombies se mirent à avancer en direction du chemin des serpents. En ligne de mire : la cahute d'Ayida et Damballah.

19

– Détendez-vous, ça ne fera pas mal.

Ayida posa les mains de chaque côté du crâne d'Emma et, concentrée sur l'énergie de la jeune fille, elle la sonda à la recherche de l'auteur de la malédiction qui pesait sur les adolescents.

– Vous voyez quelque chose ? demanda la première de la classe.

– Seulement le chiffre douze. Vous êtes douze à avoir été maudits. Et la malédiction ne prendra fin qu'avec la douzième mort… sauf si j'arrive à l'empêcher, bien sûr, sourit-elle.

– Mais qui peut nous en vouloir à ce point ? demanda Raphaël. Qu'est-ce qu'on a fait ?

Ayida passa au garçon qui se laissa faire en ouvrant son esprit.

– Je vois un talisman, commença la prêtresse vaudou.

– Je l'ai jeté, gémit Raphaël, en espérant que tout ce qui arrivait n'était pas – encore – de sa faute.

– Que représentait-il ? Imagine-le !

Raphaël obéit. L'objet métallique, avec sa croix enflammée, ses sigles et ses symboles, se dessina dans son esprit.

– Ah… un objet de pouvoir…, chuchota Ayida.

– Est-ce qu'il est maléfique ? s'inquiéta le garçon. Est-ce que c'est à cause de lui, tout ça ?

– Non, le rassura la prêtresse vaudou en retirant les mains de ses tempes. C'est protecteur. Ça développe le charisme. Celui qui le porte devient plus puissant. Plus important pour les autres.

Elle lui sourit. Raphaël fronça les sourcils en direction de Louis que Damballah redressait dans le lit. Le guide était mal en point, mais il vivrait.

– Pourquoi Louis semblait-il si paniqué en le voyant ? Il m'a obligé à m'en débarrasser !

Ayida leva un sourcil. Damballah ne s'embarrassa pas de manières : il ouvrit la chemise du guide et révéla le talisman que portait celui-ci.

– C'est le même que le mien ! s'étonna Raphaël. Mais alors…

– Il ne voulait pas d'une deuxième amulette identique à bord car cela aurait annulé l'effet de la sienne, expliqua Damballah de sa voix grave et posée.

Louis baissa les yeux, pris en faute.

Ayida se concentra sur Justine.

– À nous deux, mademoiselle. Qu'est-ce que je vais apprendre de beau sur… Oh. J'ai affaire à une consœur à ce que je vois.

– Quoi ? Non, pas du tout ! Je…

– Tu as pratiqué un rituel vaudou il y a peu. Tu peux l'avouer, ça nous fera gagner du temps.

– Je n'ai rien fait contre la classe, promit-elle. J'ai juste essayé une poupée vaudou sur Raphaël…

Le garçon avait beau le savoir, Justine était gênée d'en parler ainsi devant lui.

– C'est le seul à s'en sortir à peu près bien, renifla Emma avec mépris en se frottant la tête là où il lui manquait la poignée de cheveux emportée par l'aigrette.

Ayida demanda à Justine de lui expliquer très précisément comment elle avait procédé, avec quelles aiguilles et dans quel ordre. L'adolescente s'exécuta, nerveuse de découvrir les conséquences de sa magie balbutiante. Lorsqu'elle eut terminé son récit, Ayida retint un éclat de rire. En tout cas, ses yeux pétillaient.

– Ce que beaucoup de gens ignorent à propos du vaudou, c'est que la magie peut faire autant le bien que le mal. Les poupées, par exemple, ont réputation d'attirer le mauvais œil. De servir la vengeance. Mais les couleurs des épingles changent tout ! Elles peuvent apporter la richesse, la santé, l'amour… pour peu qu'on les utilise correctement !

– Alors, je ne lui ai pas fait de mal ? demanda Justine, incertaine.

– Le rouge est la couleur de l'amour, mais aussi du courage, de la force et de la santé… C'est ce que tu lui as offert, directement dans son cœur !

Raphaël porta une main à sa poitrine comme s'il voulait ressentir un changement, une chaleur peut-être, mais il ne se sentait pas différent.

– Mais pour le ventre ? demanda encore Justine. Il m'a dit qu'il a été malade toute la nuit…

– Le gris que tu as choisi de lui planter dans le ventre est une couleur de protection. Elle neutralise les forces du mal.

– Alors, c'était vraiment le jambalaya, murmura Raphaël.

Ayida examina le garçon d'un œil expert.

– C'est pour ça qu'il se sort aussi bien de tout ce qui vous arrive. Parce que tu l'as protégé.

Les deux amoureux se prirent les mains. Toute la culpabilité de Justine s'envola. Elle n'avait pas fait de mal à Raphaël, au contraire ! Quant au garçon, il ne s'en voulait plus pour avoir apporté son amulette à bord de l'hydroglisseur !

– Ça ne nous dit pas qui a lancé la malédiction contre nous, grogna Emma, que les effusions de ses camarades agaçaient.

– Où avez-vous acheté le talisman et la poupée ? demanda Damballah.

– Dans une boutique ésotérique du Vieux Carré, répondit Raphaël, mais on n'a pas…

– Oh mon dieu ! s'écria Justine en portant une main à sa bouche.

– Quoi ? Qu'est-ce qu'il y a ?

– Camille et Lisa ! Elles… ont volé des choses dont j'avais besoin pour le rituel. Une bougie, un parchemin…

– La fille de la boutique ! comprit Raphaël. Elle a changé d'attitude d'un seul coup. D'abord, elle n'était pas très sympa, comme si on la dérangeait…

– … et puis, tout à coup, elle a proposé une promotion sur les photos avec les alligators empaillés, continua Emma qui cherchait à comprendre, elle aussi.

– J’ai utilisé une photo pour mon rituel, expliqua Justine. Une photo. Et cette fille, là, en a une de chacun de nous dans l’ordinateur de sa boutique !

– Erzulie, lança Ayida entre ses dents serrées.

– Vous la connaissez ?

– Je connais bien ses parents. Des gens charmants. Elle… Je m’en méfie. Elle ne sait pas se contrôler. Et elle déteste les touristes.

– Qu’est-ce qu’on doit faire pour l’arrêter ? demanda Emma.

Dehors, des dizaines de sifflements alertèrent Damballah.

– Les serpents s’agitent. Quelque chose arrive.

Ayida plongea une seconde dans le monde des esprits puis confirma :

– Les morts vous ont retrouvés. Si c’est bien Erzulie qui tire les ficelles, elle se sert de votre professeur et de votre jeune amie pour vous atteindre.

– Oh, non. Camille.

– Je vais essayer de les retenir, annonça Damballah en retroussant ses manches pour découvrir ses bracelets à grelots.

Avant que quiconque ne songe à l’en empêcher, la montagne de muscles était déjà dehors.

20

Les deux zombies marchaient côte à côte, sans se préoccuper des serpents qui sifflaient au-dessus de leur tête. Deux petits alevins verts s'enroulèrent autour des chevilles de Camille. Un gros boa beige, taché d'ocre, glissa jusqu'aux épaules de M. Choisel et se mit à enserrer son torse. Un tintement lointain donna un ordre à deux énormes serpents mouchetés, qui louvoyèrent entre les racines et rattrapèrent les intrus en quelques secondes.

Damballah apparut à la lisière des arbres. Il hulula et siffla en secouant les grelots de ses bracelets. Les serpents qui n'étaient pas encore intervenus s'intéressèrent aux intrus pendant que les sentinelles glissaient le long des jambes de Camille. La jeune fille à l'œil crevé se retrouva bloquée, un serpent enroulé autour des cuisses, l'autre qui enserrait ses bras et l'empêchait de servir d'appui au prof de sport. Elle s'écroula au pied d'un arbre. Sur un signal de Damballah, les serpents recouvrirent le corps abîmé. Les plus téméraires se glissèrent dans sa bouche par la plaie de sa joue ou par son orbite vide, avant qu'une marée grouillante ne l'étouffe.

Choisel, entravé par les serpents, ne pouvait plus avancer sur sa jambe unique. Il banda les muscles de son torse et de ses bras puis hurla en forçant d'un coup contre ses agresseurs. Le corps du serpent autour de sa poitrine explosa en fragments sanguinolents tout autour de lui. Le prof-zombie, fou de rage, brisa la première branche qui passait et se servit de ce gros gourdin comme d'une canne pour reprendre sa traque.

Damballah avait beau psalmodier, les serpents refusaient d'attaquer après avoir vu les morceaux d'un des leurs projetés sur la végétation alentour. Le Mambo recula d'un pas.

Raphaël, Justine, Emma et Ayida observaient la scène depuis une fenêtre.

– Je ne vois plus Camille, s'inquiéta Justine en fixant le tas en forme de corps humain sur lequel grouillaient des centaines de serpents.

Ayida lui posa une main apaisante sur l'épaule :

– Tu ne peux plus rien faire pour ton amie. Ce qui gît là-bas, ce n'est pas elle.

La vraie menace, c'était M. Choisel. Il n'avançait pas vite, mais il venait droit sur eux. Et après la démonstration de force avec le serpent, personne n'avait envie de se retrouver sur son chemin.

– Il faut qu'on se tire, vite ! murmura Emma en cherchant une autre sortie.

– Non, il faut combattre, affirma Justine en attrapant le fusil tranquillisant.

Damballah revint à toutes jambes jusqu'à la maison. Il traversa la cahute en trombe. Raphaël bondit à sa suite, bien décidé à ne pas rester à attendre que son prof de sport vienne l'étriper.

Des outils de jardinage étaient fixés sur un mur de la cuisine, à côté d'une paire de gants et d'un chapeau à large bord. Le Mambo décrocha une pelle et la tendit à Raphaël qui acquiesça en ajustant sa prise sur le manche. Emma, moins convaincue, ouvrit les mains pour que Damballah lui confie une arme. La leçon du jour consistait à éliminer un zombie, et elle faisait toujours ses devoirs à fond, même dans les matières qu'elle aimait le moins. Il lui choisit une pioche rouillée qui semblait néanmoins assez dangereuse en l'état. Le Mambo détacha la hachette dont il se servait pour élaguer les branches autour de la clairière.

Ayida alluma un cône d'encens et s'installa en tailleur dans son fauteuil.

– Retenez-le aussi longtemps que vous le pourrez, ordonna-t-elle aux adolescents et à son compagnon. Je vais essayer de contrer les pouvoirs d'Erzulie, de défaire le lien avec le monde des morts. Mais je ne garantis rien.

Ils hochèrent tous la tête. Louis, allongé sur sa couchette, fit signe à Justine d'approcher. Il était pâle comme un linge et sa peau tannée par le soleil ressemblait à une feuille de papier froissée prête à tomber en miettes.

– *Give*... Donne-moi.

Il lui montra comment recharger le fusil tandis que les autres sortaient de la cahute. Le prof de sport était presque arrivé au perron. Raphaël brandit sa pelle en hurlant et se lança à l'assaut du zombie de M. Choisel. Celui-ci le repoussa d'un ample mouvement de gourdin. Raphaël vola deux mètres plus loin.

Justine sortit à ce moment-là, et elle n'hésita pas : elle braqua le fusil sur son prof de sport et tira en pleine poitrine. Une fléchette à l'empennage rouge sang se ficha au milieu du torse de M. Choisel. L'action soporifique ne sembla pas avoir de prise sur le zombie. La jeune fille rechargea aussitôt, prête à tirer une deuxième salve.

Emma et Damballah attaquèrent en même temps pour profiter de la diversion provoquée par la fléchette. Le Mambo manqua la tête du prof. Sa hache retomba trop tôt, entaillant l'épaule de sa victime. Emma se rapprocha plus près pour abattre sa pioche.

Choisel réagit bien plus vite que les autres ne l'auraient cru possible. Sa main attrapa Emma par la gorge et amena la jeune fille contre lui. Il ouvrit la bouche et mordit d'un seul coup dans la chair tendre de la première de la classe qui hurla de douleur.

Justine chercha désespérément une ouverture pour tirer à nouveau sans blesser sa camarade. Mais le zombie arracha soudain la moitié de la gorge de sa victime qui retomba, inerte, à son pied. M. Choisel, la bouche dégoulinante de sang, posa sur Justine un regard meurtrier.

Elle tira une deuxième, puis une troisième salve de tranquillisant pour empêcher le zombie de bouger. Damballah abattit sa hache. La lame décapita à moitié le prof de sport. Lorsque M. Choisel voulut tourner la tête vers le Mambo, les morceaux de peau qui la retenaient attachée s'étirèrent.

Raphaël intervint à ce moment-là : il acheva le prof de sport d'un coup de pelle en pleine figure. Le corps du zombie s'écroula dans la direction opposée à celle de sa tête.

Les survivants reculèrent. Jusqu'au moment où le corps d'Emma fut secoué de spasmes. Elle revenait, elle aussi.

– Oh non !

Dans la cahute, Ayida avait quitté son corps pour se rendre dans le monde des esprits. Les anomalies créées par Erzulie lui apparurent clairement. Une force obscure les manipulait dans l'ombre. Mais pour l'instant, celle-ci s'intéressait surtout à trois formes : la silhouette allongée sous les serpents, qui luttait pour se dégager ; la fille à qui il manquait la moitié du cou ; et l'homme avec une jambe en moins.

Ayida ne pouvait pas s'approcher de ces esprits-là. Par contre, il y en avait d'autres, tous entassés un peu plus loin. Comme si Erzulie avait fait une pile de silhouettes dont elle n'avait plus besoin. Ils étaient au moins sept. Une femme. Deux filles, une maigre et une plus forte. Quatre garçons.

Tous morts. Tous rappelés du mauvais côté de la vie pour tuer encore.

La prêtresse vaudou se concentra sur les fils d'énergie de chacun. Elle trouva celui de Mme Duquette.

– Par ma volonté, je te libère.

D'un coup sec, elle rompit le fil qui avait fait de la prof de français un zombie.

À l'infirmerie de la pension, celle-ci s'écroula, inerte.

Ayida découvrit le lien qui correspondait à Anne-Gaëlle.

– Par ma volonté, je te libère.

Clac

Au tour de Lisa.

– Par ma volonté…

L'ombre qui tirait les ficelles dans le bayou pivota d'un coup vers la prêtresse vaudou. Celle-ci changea de forme pour devenir un brouillard diffus oscillant dans des teintes vertes et brunes.

– QUI VIENT SEMER LE TROUBLE DANS LE MONDE DES ESPRITS ? tonna l'ombre.

– C'est toi, Erzulie, qui ignores les lois de la vie et de la mort.

Il fallait gagner du temps. La prêtresse vaudou tourna autour du tas de non-morts de l'infirmerie.

Le fil vacillant de Lisa s'affermit, comme si Erzulie retrouvait toute la maîtrise de sa marionnette.

– TU NE PEUX RIEN CONTRE…

Clac

Avant qu'Erzulie ne termine sa phrase, Ayida avait rompu un lien qui passait à sa portée. Celui de Cyprien.

– ASSEZ !

L'ombre d'Erzulie se précipita sur le nuage qui représentait Ayida, mais la prêtresse vaudou était bien plus habile que l'adolescente en colère. Elle se sépara en deux et se rassembla de l'autre côté.

– Par ma volonté, je vous libère ! Je vous libère tous !

Clac Clac Clac

Tom, Sony et Ethan purent enfin reposer en paix. L'infirmerie de la pension abritait maintenant sept cadavres qui ne feraient plus de mal à personne.

Erzulie tenta de recommencer sa manœuvre, devenant deux énormes mains d'ombre prêtes à enserrer entre ses griffes la prêtresse vaudou qui osait la défier. Ayida se coula en une nappe fumante à hauteur du sol – si le monde des esprits en avait un – et rejoignit les trois derniers zombies prisonniers de la malédiction d'Erzulie.

Clac

Camille cessa de se débattre sous les serpents.

Clac

Emma s'effondra.

– NON ! PAS LUI !

Erzulie voulut s'interposer entre les pouvoirs d'Ayida et le lien qui retenait le prof de sport dans le monde des esprits. Une fois de plus, Ayida opta pour la subtilité. Elle se rassembla d'un côté, attirant l'attention d'Erzulie, mais laissa traîner ses longs doigts de volutes vertes à l'opposé de son corps. Cette fois-ci, les mains d'ombre réussirent à attraper la prêtresse vaudou.

– ET MAINTENANT…

Erzulie tentait de compacter la silhouette évanescente entre ses puissantes mains mystiques. Dans la même seconde, Ayida rompit le lien de M. Choisel – *clac* – et ouvrit les yeux pour réintégrer son enveloppe charnelle.

Les mains d'ombre se refermèrent sur du vide. Erzulie poussa un cri strident qui résonna jusqu'au cœur du bayou.

21

Justine et Raphaël se serraient l'un contre l'autre sur le canapé d'Ayida et Damballah. La prêtresse vaudou se concentrait pour envoûter deux pièces percées.

– Vous êtes sûre que ça va nous protéger ? demanda Justine.

– Au moins temporairement, jusqu'à ce qu'Erzulie lève la malédiction.

– Si elle l'accepte, lança Raphaël avec mépris. Je n'arrive pas à croire qu'ils soient tous morts.

Ayida leur avait raconté son combat mental et les liens qu'elle avait brisés avec les zombies de l'infirmerie. Justine et Raphaël avaient compris qui était concerné par la malédiction : les douze personnes qui s'étaient rendues dans la boutique ésotérique le premier jour. Mme Duquette, M. Choisel, Lisa, Camille, Anne-Gaëlle, Cyprien, Tom, Ethan, Sony,

Emma et eux deux. Ils étaient les derniers survivants du massacre. Mais Erzulie ne s'arrêterait pas tant qu'ils seraient en vie.

– Il faut lui présenter vos excuses pour ce qui s'est passé à la boutique, insista Ayida.

– S'excuser ! rugit Raphaël. Mais c'est elle qui a tué tout le monde ! On ne va pas la remercier, tant qu'on y est !

Justine l'apaisa en posant une main sur son bras.

– Sa réaction est extrême, mais notre groupe a quand même bien pourri sa boutique, en volant ou en abîmant des tas de choses. Je ne dis pas qu'elle a raison de tuer tout le monde, je dis juste que si la seule solution pour que ça s'arrête est de s'excuser…

– Et si elle refuse, hein ? Tu veux finir comme les autres ?

Il fit un grand geste en direction de l'extérieur, où les corps d'Emma, Camille et M. Choisel avaient été rassemblés.

Damballah intervint :

– Si elle ne lève pas sa malédiction, il faudra détruire les liens de pouvoir qu'elle peut avoir sur vous.

– Les photos, comprit Justine.

– Exploser son ordinateur, en croisant les doigts pour qu'elle ne les ait pas sauvegardées ailleurs, grommela Raphaël.

Ayida tendit les deux pièces trouées aux amoureux, puis donna à chacun un cordon gris, couleur de protection contre les mauvais esprits et les forces du mal.

– Voilà. C'est fait.

Justine et Raphaël passèrent les colliers au-dessus de leur tête.

– À partir de maintenant, Erzulie ne peut plus vous voir. Mais cela risque de la mettre encore plus hors d'elle, alors restez sur vos gardes.

Raphaël n'eut pas le courage de faire de l'ironie même s'il songeait très fort que, justement, il avait prévu de se détendre, maintenant que la moitié de sa classe était morte. Il se contenta de hocher la tête.

– Merci.

– Oui. Merci mille fois pour tout ce que vous faites pour nous.

Justine attrapa les mains de la prêtresse vaudou qui lui sourit.

– Allez, leur dit Damballah. Je vous ramène à la civilisation.

– Vous ne venez pas avec nous ? demanda Justine à Ayida en comprenant avec horreur que la prêtresse ne serait pas à leurs côtés pour contrer Erzulie. Mais vous êtes plus forte qu'elle !

– J'ai plus d'expérience, sans doute, mais pas plus de puissance. Ce n'est pas un combat qui doit se gagner par la force. Et puis… je dois rester ici.

Elle désigna Louis du menton. Il n'était pas en état d'être transporté. Elle eut un autre mouvement vers les corps allongés devant la maison.

– Les autorités auront besoin de réponses quand elles viendront chercher vos amis. Je m'assurerai qu'elles entendent les bonnes.

Raphaël se rendit compte que, si la police ne croyait pas au vaudou, elle tenterait d'élucider la mort d'Emma, Camille et M. Choisel. Si celle des filles pouvait passer pour un affreux accident, le prof de sport avait été décapité à la hache. Pas question que Damballah ne se retrouve en prison pour avoir sauvé les Français d'un zombie.

– En route.

Damballah ouvrit la marche. Les adolescents le suivirent timidement. Au moment où ils quittaient la cahute, Louis leur murmura :

– *Good luck*.

Ayida prit son petit sac d'ossements et interrogea les esprits pour connaître le dénouement de toute cette histoire.

Au loin, un souffle de vent se levait.

Justine fit de son mieux pour éviter de regarder les cadavres. Elle enfouit son visage au creux de l'épaule de Raphaël qui la guida à la suite de Damballah. Le Mambo agita ses grelots et les serpents qui gardaient le chemin s'écartèrent pour les laisser passer. Quelques minutes plus tard, ils étaient installés dans la pirogue et remontaient le bras du bayou qu'ils avaient descendu quelques heures plus tôt sur l'hydroglisseur de Louis.

Le paysage ne semblait plus aussi hostile. La nuit qui tombait avait quelque chose de magique. Les couleurs flamboyantes du coucher de soleil apportaient un espoir au petit couple terré au fond de la pirogue. Cette terrible journée s'achevait. Les lucioles se mirent à briller entre les arbres. Certaines se reflétèrent dans l'eau, ajoutant leur éclat aux étoiles qui apparaissaient peu à peu.

La pirogue approcha d'un embranchement plus large. Un bruit de moteur résonnait au loin. Justine et Raphaël se redressèrent à demi.

– C'est Mlle Jeanville et les autres ! s'exclama Justine avant de faire de grands signes à sa prof d'anglais.

Celle-ci donna des consignes à son guide et, peu après, les deux embarcations se rencontrèrent.

– Où étiez-vous passés ? demanda Mlle Jeanville, morte d'inquiétude. On vous a cherchés partout !

Elle dévisagea soudain Damballah en se rendant compte de sa haute stature. Elle recula imperceptiblement, sans savoir si elle devait se fâcher contre lui pour arriver de nulle part avec deux de ses élèves ou le remercier.

– Il y a eu un accident, annonça le Mambo.

– *Where's Louis* ? demanda le guide, lui aussi inquiet pour son collègue.

Damballah lui expliqua que Louis avait été blessé et qu'il se reposait actuellement chez sa femme. Il devait prévenir les secours pour le transporter à l'hôpital dès que possible. Le guide activa aussitôt son talkie-walkie, mais Damballah ajouta, d'une voix grave, qu'il fallait aussi appeler un médecin légiste.

Mlle Jeanville se tourna vers Justine et Raphaël que leurs camarades dévisageaient, avides de savoir ce qui était arrivé.

– M. Choisel est… mort, lâcha enfin Raphaël. Un alligator lui a mangé la jambe et…

Il ne réussit pas à en dire plus. Justine continua :

– Camille et Emma se sont fait attaquer par des oiseaux et des serpents. Elles… sont mortes aussi.

Les visages détendus des autres élèves de la

classe passèrent par toutes les expressions, de l'incrédulité à la douleur, de la tristesse à la peur. Quelqu'un vomit par-dessus bord.

Mlle Jeanville tremblait.

– Il faut qu'on rentre à la pension prévenir les autres.

Raphaël et Justine se consultèrent en silence. Ils savaient ce qu'ils trouveraient à la pension.

– Mademoiselle… il faut qu'on vous parle.

Une bourrasque plus forte fit tanguer les embarcations.

*

Bien sûr, Mlle Jeanville n'avait pas cru Justine et Raphaël lorsqu'ils avaient évoqué les morts à la pension. Pas plus qu'elle n'avait cru à leur histoire de malédiction et à leur besoin de retourner à la boutique ésotérique pour présenter des excuses à cette prétendue prêtresse vaudou qui aurait maudit la classe.

Elle était bien trop occupée à accueillir les équipes de secours sur le ponton d'amarrage, à rassurer son groupe qui ne comprenait pas ce qui se passait et à faire en sorte que les corps des trois victimes du bayou puissent être rapatriés en France. Le vent, de plus en plus fort, n'aidait pas l'équipe de secours

– si elle pouvait encore porter ce nom – à agir dans de bonnes conditions.

– Mme Duquette et moi n'allons pas prolonger ce voyage plus longtemps, annonça la prof d'anglais. Laissez-moi faire les démarches, et on prend l'avion le plus vite possible.

– Mais mademoiselle…

– N'insistez pas, tous les deux ! Vous allez devoir vous entretenir avec un psychologue au plus tôt. Ces histoires de malédictions vaudou me semblent vraiment problématiques.

Damballah avait confirmé les dires des adolescents en les aidant à monter à bord de l'hydroglisseur, mais, depuis qu'il était reparti, la prof d'anglais se raccrochait à sa rationalité.

Le vent hurla en tourbillonnant autour du bus où attendaient les élèves qui n'avaient pas assisté aux attaques, plus silencieux que jamais. Lorsque le bateau ramena les corps de Camille, Emma et M. Choisel dans de gros sacs mortuaires, toute la classe fondit en larmes.

Mlle Jeanville se demanda si elle avait le temps de mettre en place une cellule de soutien psychologique avant le départ. Elle avait tellement de choses à organiser qu'elle ne pouvait pas craquer, elle aussi.

L'un des officiers qui enquêtaient tenta d'appeler la pension mais le téléphone sonnait occupé.

Justine et Raphaël s'adressèrent directement à l'homme, en baragouinant dans un anglais approximatif que leur classe était maudite, et que ceux de la pension étaient déjà morts. Le vent qui tournoyait de plus en plus fort donnait l'impression qu'une tempête se préparait. Aucune alerte météo n'était pourtant prévue. Les arbres qui ployaient en direction de l'eau avaient quelque chose de surnaturel.

L'homme les dévisagea un moment derrière ses lunettes de soleil. Mlle Jeanville intervint pour dire qu'ils tenaient des propos incohérents parce qu'ils étaient sous le choc de la mort de leurs camarades et de leur professeur.

Le policier secoua la tête en expliquant qu'en Louisiane, on ne plaisantait jamais avec le vaudou. Il avait suffisamment examiné les corps trouvés dans le bayou pour accorder le bénéfice du doute aux adolescents.

Il laissa ses collègues gérer le rapatriement des cadavres et monta dans le bus malgré les protestations de Mlle Jeanville.

Le trajet jusqu'à la pension se fit dans un silence de mort. Seuls Justine et Raphaël chuchotaient pour essayer de trouver une solution : ils devaient à tout prix se rendre à la boutique d'Erzulie pour lever la malédiction qui pesait encore sur eux.

Lorsque le bus se gara devant la pension, le policier demanda à tout le monde de rester calme et de ne pas descendre tant qu'il n'en aurait pas donné l'autorisation.

Mlle Jeanville, lèvres pincées, protesta une fois de plus, mais en voyant l'officier dégainer son arme avant d'entrer, elle se résolut à patienter.

Le policier comprit vite que les adolescents avaient dit vrai.

De la fenêtre du bus, Mlle Jeanville aperçut des bras couverts de sang et une mêlée de corps entassés près de la porte. Elle retint un haut-le-cœur en portant une main à sa bouche.

– Qu'est-ce qui se passe, mademoiselle ? demanda Mariko.

L'officier revint un quart d'heure plus tard, son téléphone portable rivé à l'oreille. Des voitures de police et des ambulances encerclèrent bientôt la pension. Il fit sortir la prof d'anglais et lui annonça que les sept personnes présentes à la pension étaient mortes.

Mlle Jeanville se laissa tomber sur le trottoir.

Un brouillard opaque noya son cerveau tandis que le policier lui expliquait qu'elle et ses élèves allaient être transférés jusqu'à l'aéroport où un avion spécial serait affecté pour rapatrier les cadavres et mettre en sécurité les survivants. Il y aurait des papiers à signer et une enquête conjointe entre les deux pays, mais, compte tenu de l'âge de la plupart des victimes, il fallait prévenir les familles au plus vite et empêcher un vent de panique en ville.

Un éclair de lucidité et de cynisme traversa l'esprit de la prof d'anglais : les autorités se débarrassaient du problème pour éviter une mauvaise publicité.

Elle se releva en serrant les poings, essuya ses larmes et ordonna qu'on les emmène loin d'ici.

22

– Raphaël, il faut qu'on y aille, suppliait Justine en tournant le pendentif protecteur d'Ayida entre ses mains.

– Avec les flics partout ? Comment est-ce que tu veux faire ?

La police avait transféré les 3ème C et leur professeur dans un hôtel à quelques blocs de la pension, le temps de réunir les papiers nécessaires au transport d'autant de cercueils d'un coup. Des corbillards attendaient devant l'hôtel.

– Si Erzulie conserve nos photos, elle pourra toujours nous atteindre, même une fois rentrés en France ! assura Justine. Imagine qu'elle jette un sort sur l'avion ?

– Il y a l'air d'avoir une sacrée tempête, au-dehors, murmura le garçon en voyant les arbres vaciller dans la rue.

Les passants, emmitouflés dans leurs vestes, affrontaient les bourrasques pour rejoindre leur domicile.

– Peut-être que l'avion ne pourra pas décoller, continua Raphaël.

– Il faut retourner parler à Mlle Jeanville. Ou convaincre un flic que tout est de la faute d'Erzulie pour qu'il vienne avec nous jusqu'à la boutique ésotérique.

*

Sur le toit du bâtiment de la boutique, Erzulie laissait libre court à sa rage. Ses deux dernières victimes, le garçon au talisman et la fille à la poupée vaudou, avaient disparu de ses perceptions, et la jeune prêtresse détestait ça.

Les paumes ouvertes devant elle, elle invoquait les éléments pour l'aider dans sa vengeance. Douze touristes avaient souillé sa boutique, manqué de respect à sa religion et méprisé son pays. Dix étaient déjà morts. Erzulie ne connaîtrait aucun repos tant qu'elle n'aurait pas retrouvé la trace des derniers adolescents.

Une nouvelle bourrasque obéit à ses mains et partit à la recherche d'esprits dissimulés par des sortilèges de protection. Le vent ne mentait pas. Il s'insinuait partout. Il les trouverait.

Les dreadlocks de l'adolescente se soulevèrent au rythme des courants d'air qui venaient lui murmurer des informations à l'oreille.

– Ayida. Damballah.

Les perfides. C'était donc eux qui étaient intervenus pour briser le lien avec le monde des esprits. Elle leur réglerait leur compte en temps voulu.

Dans la rue, les portes claquaient. Les gens se barricadaient. Même les bars, habituellement baignés de notes de jazz enjouées, fermaient leur rideau de fer.

Erzulie scrutait chaque avenue par le biais du vent qui s'y engouffrait.

Soudain, elle repéra les corbillards. Et les voitures qui les escortaient. Elle sentait la présence de ceux qu'elle avait manipulés. Les deux dernières victimes n'étaient pas loin. Il lui suffisait juste de trouver la bonne voiture.

*

À quelques miles de là, les parents d'Erzulie se dépêchaient de rentrer. Ils avaient confié la boutique à leur fille, comme ils le faisaient de temps en temps lorsqu'ils devaient s'absenter plusieurs jours pour une convention de magie ou un colloque organisé par leurs principaux fournisseurs.

Dès qu'ils avaient consulté la météo et constaté le changement anormal sur La Nouvelle-Orléans, ils avaient blêmi : il y a longtemps, Erzulie avait fait un énorme caprice, elle était devenue incontrôlable et avait déployé des pouvoirs phénoménaux. C'était en 2005. Elle avait quatre ans. Les médias avaient appelé ça « l'ouragan Katrina ».

Certains voisins avaient eu des doutes sur le déclenchement de la catastrophe, mais les parents d'Erzulie avaient toujours nié le lien. Aux autres Mambos, ils avaient expliqué que leur fille avait été sensible à l'énergie de la tempête : ce n'était pas elle qui avait provoqué l'ouragan, mais l'ouragan qui avait influencé ses pouvoirs.

Ses parents lui avaient appris tant bien que mal à gérer sa colère et son stress. Depuis qu'elle voyait un psy une fois par semaine et faisait de la méditation tous les jours, le nombre d'incidents s'espaçait de façon encourageante.

Pourtant, les gérants de la boutique ésotérique avaient toujours su qu'ils n'étaient pas à l'abri d'une nouvelle catastrophe.

Et c'était en train d'arriver.

Ils accélérèrent encore, malgré les risques.

Leur voiture fit une embardée quand une bourrasque

les déporta sur la voie d'à côté. Ils évitèrent de justesse un gros 4x4, bien stable dans la tempête.

*

Mlle Jeanville n'avait rien voulu entendre. Elle avait forcé Justine et Raphaël à s'asseoir à l'arrière de l'une des voitures affrétées par la police pour mener le convoi jusqu'à l'aéroport. Hors de question pour eux de retourner à la boutique.

Soit la prof d'anglais n'y croyait pas, soit elle avait fini par y croire, mais ne voulait pas que ses élèves risquent leur vie en affrontant une prêtresse vaudou en colère. Qu'elle les ramène sains et saufs à leurs parents, eux, au moins.

Le vent s'amplifia dans la rue. Les tuiles des toits alentour claquèrent en se soulevant.

– Elle sait qu'on est là, murmura Justine en serrant le pendentif dans sa main. Elle nous a retrouvés !

*

Les parents d'Erzulie entrèrent en trombe dans la boutique en appelant leur fille. Le vacarme au-dehors était assourdissant. Ils passèrent dans l'arrière-boutique et, au moment où sa mère montait l'escalier pour rejoindre le logement qu'ils partageaient tous les trois, son père entendit des coups sourds frappés tout près.

Le Mambo se figea et tendit l'oreille. Les coups réguliers reprirent. Ils venaient du placard des produits d'entretien. Le père d'Erzulie ouvrit la porte d'un geste brusque et découvrit M. Lestat, bâillonné et ligoté. C'était lui qui tapait de toutes ses forces avec ses pieds contre la porte.

Le propriétaire de la boutique lui ôta le bâillon en demandant ce qu'il faisait là.

– Mes élèves… possédés… trouver un remède… mais elle… elle…

Il reprit avidement son souffle tandis que son sauveur le détachait.

– *Come with me.*

*

En fermant les yeux, Justine imaginait le couvercle des cercueils de la procession se briser et les morts sortir une nouvelle fois pour les attraper. Lorsqu'elle rouvrit les paupières pour chasser cette vision, elle se trouva nez à nez avec son reflet dans la vitre. Des gouttes commençaient à tomber.

Soudain, un éclair zébra le ciel, et le reflet qui la dévisageait n'était plus le sien. C'était la fille de la boutique, avec ses dreadlocks et ses grains de beauté sur les pommettes. Elle souriait d'un air triomphant.

Justine sursauta avec un mouvement de recul. Le visage redevint le sien, apeuré.

– Tu l'as vue ? demanda-t-elle à Raphaël.

Le garçon fixait autre chose : le pendentif de Justine.

Celle-ci ouvrit la main en retenant son souffle. La pièce s'était brisée net. Elle n'avait plus que le cordon autour du cou. L'amulette cassée gisait dans sa paume.

– Arrêtez la voiture ! hurla soudain Raphaël. *Stop the car* !

Ils devaient descendre le plus vite possible et s'éloigner du convoi, sinon, ils risquaient de mettre tous les autres en danger !

Le chauffeur l'ignora et actionna les essuie-glaces.

Plus haut dans la rue, le vent déporta une benne à ordures qui coupa la route du convoi. La première voiture pila. Les feux arrière des voitures s'allumèrent les uns après les autres, et le chauffeur de Justine et Raphaël fut bien obligé de s'arrêter, lui aussi.

*

– *Erzulie* !

Ses parents poussèrent la porte du toit. Ils découvrirent la jeune fille, trempée, mais rayonnante de pouvoirs.

M. Lestat suivait, encore endolori par sa séquestration. S'il lui était arrivé de sortir boire un verre ou deux lors d'escapades nocturnes à La Nouvelle-Orléans, il avait eu le temps de dessoûler complètement.

Il ne comprenait pas ce qui se passait. Tout était allé très vite dès son entrée dans la boutique. Il avait parlé de l'envoûtement de Sony et Tom… et puis il avait posé les yeux sur l'écran de l'ordinateur que consultait l'adolescente et avait reconnu ses élèves et ses collègues. Il s'était retrouvé pieds et poings liés dans ce placard, avec cette gamine qui lui expliquait qu'il avait de la chance d'être « le treizième » – le treizième quoi ? – et qu'elle s'occuperait de son cas quand « tout serait terminé ».

Les parents d'Erzulie s'énervèrent, peu impressionnés par le déchaînement d'éléments causés par la jeune fille.

Le prof d'histoire perçut des bribes de phrases. Il était question « d'arrêter de tuer des touristes », de « détruire les photos des victimes » et de phénomènes qui « n'auraient jamais dû se reproduire ».

La jeune fille se défendait, parlait de vol, de saccage et des « douze » qui n'étaient « pas encore tous morts ».

– *Just this couple, please* ? *Two more, and I'll stop*…

Ses parents étaient catégoriques : plus de morts. Ni aujourd'hui, ni jamais.

– *That's so unfair*.

Erzulie croisa les bras, boudeuse. Elle reprocha à ses parents de l'obliger à travailler dans leur boutique alors que toutes ses amies allaient s'amuser dehors. Elle ne supportait plus les hordes de touristes qui ne respectaient rien, et ces Français mal élevés avaient eu ce qu'ils méritaient.

M. Lestat remit les pièces du puzzle dans l'ordre. Il s'éclipsa en profitant de la dispute entre la fille et les parents. Il lui sembla même que le vent retombait.

*

Raphaël passa son pendentif autour du cou de Justine.

– Tu ne crains rien, lui assura-t-il, prêt à prendre tous les risques pour la protéger.

La jeune fille l'embrassa à pleine bouche, comme si c'était la dernière chose qu'elle pouvait faire avant de mourir.

Et puis ils attendirent.

Les secondes s'étirèrent, devinrent des minutes. Les chauffeurs à l'avant du convoi s'escrimaient pour faire bouger la benne à ordures qui bloquait le chemin. Le vent perdait peu à peu en intensité.

Et puis une main frappa à la fenêtre de la voiture.

Justine et Raphaël sursautèrent.

Le visage anguleux de M. Lestat apparut derrière la vitre. Justine hurla en imaginant qu'il était mort, lui aussi, et qu'il revenait en zombie pour les dévorer.

– Du calme, assura le prof d'histoire en haussant le ton pour que ses élèves puissent l'entendre. J'ai les photos.

Justine, méfiante, fit descendre la vitre de quelques centimètres.

– Faites voir.

M. Lestat était trempé, avait une mine affreuse, mais il semblait content de lui. Il glissa les photos par la vitre entrouverte.

– Co… comment vous savez pour les photos ? bredouilla Raphaël en les faisant défiler.

En quelques mots, Lestat raconta sa séquestration et son départ précipité de la boutique après avoir emporté les clichés trouvés au milieu d'un pentacle, de bougies, de mèches de cheveux et d'ossements.

– Mais Erzulie avait des copies informatiques ! s'exclama Justine, pas rassurée pour autant.

– Je sais, sourit Monsieur Lestat.

*

Lorsqu'ils redescendirent du toit, les parents d'Erzulie constatèrent les dégâts. Tout ce qu'avait utilisé leur fille pour ses rituels était issu des stocks qu'ils devraient renouveler et cela leur coûterait de l'argent. Sans compter l'ordinateur explosé sur le comptoir.

Ils secouèrent la tête de dépit en assurant à leur fille que c'était la dernière fois qu'ils lui faisaient confiance pour s'occuper de la boutique.

Celle-ci ne sembla pas vexée par la sentence : au contraire, elle se sentit libérée d'un fardeau.

– *But you still have to clean your mess* ! lui lança son père en désignant le pentacle tracé en poudre blanche sur le sol.

Erzulie traîna des pieds jusqu'au placard à balais. Elle découvrit les liens du prof d'histoire, défaits, ainsi qu'un chiffon sur le sol. Le bâillon de M. Lestat était encore humide de salive. Un éclair de malice passa dans le regard de l'adolescente.

*

À l'avant du convoi, la benne à ordures ne bloquait plus la route. Les chauffeurs regagnaient leurs véhicules alors que le vent forcissait à nouveau. Les palmiers fichés dans le béton des trottoirs ployaient dangereusement.

– Allez, les enfants, c'est fini, déclara M. Lestat. Ouvrez-moi, maintenant.

Justine déverrouilla la portière. Le prof d'histoire maintint la poignée à deux mains pour éviter que le vent ne s'engouffre brusquement.

Soudain, l'un des arbres du bord de la route se brisa dans un craquement déchirant. Une bourrasque emporta un morceau de bois pointu en direction du convoi.

M. Lestat n'eut pas le temps de s'abriter : le bout de tronc cassé lui fonça dessus et l'empala en plein cœur. La force de l'impact projeta le professeur contre la portière qui céda. L'homme et le morceau de métal furent emportés par la puissance du vent et terminèrent leur course dans la devanture d'un magasin, de l'autre côté de la rue.

*

Plus tard, dans l'avion, Justine posa la tête sur l'épaule de Raphaël. Elle n'arrivait pas à croire que tout était terminé. Qu'ils rentraient à Orléans. Et qu'ils ramenaient les cadavres de leurs camarades et leurs professeurs dans la soute.

Raphaël serra ses doigts entre les siens en contemplant les lumières qui défilaient derrière le hublot pendant le décollage.

On était vendredi. Ce jour-là, la classe aurait dû visiter le cimetière Saint-Louis. Leur guide leur aurait détaillé les sépultures extraordinaires, notamment celle de Marie Laveau, la reine du vaudou. Il leur aurait expliqué pourquoi, dans ce cimetière, les tombes n'étaient pas creusées, mais construites au-dessus du sol à cause du niveau de la mer. Il aurait raconté comment la terre meuble de La Nouvelle-Orléans faisait remonter les corps enterrés, comme si elle refusait d'accueillir les morts en son sein.

Le soir, les 3ème C auraient enfin eu leur veillée tant attendue.

Ils se contenteraient d'une veillée funèbre.

Tout, tout, tout, vous saurez tout sur le vaudou !

Salut les amis, c'est Justine ! De retour à Orléans, j'ai fait des recherches sur le vaudou pour ne plus jamais me retrouver dans la même situation qu'à La Nouvelle-Orléans ! Jouer avec la magie, c'est sympa, mais dangereux, alors autant ne pas se brûler les doigts en voulant lancer un sort !

Donc, le vaudou (ou Voodoo, Vodoun, Vodun, etc.), ça désigne l'ensemble des dieux ou des forces invisibles dont les hommes essaient de se concilier la puissance ou la bienveillance. C'est l'affirmation d'un monde surnaturel, mais aussi de l'ensemble des procédures permettant d'entrer en relation avec celui-ci.

Le vaudou peut être décrit comme une culture, un héritage, une philosophie, un art, des danses, un langage, un art de la médecine, un style de musique, une justice, un pouvoir, une tradition orale et des rites.

Le panthéon est avant tout constitué des forces de la nature, un peu comme dans le chamanisme. Les esprits vaudou (Loas) et leurs relations renvoient aux puissances naturelles que sont la foudre, la mer, la maladie, etc. Le culte s'intéresse aussi à d'autres entités surnaturelles, comme les ancêtres divinisés.

Il existe de nombreux Loas, et je crois avoir rencontré des personnes, au cours du voyage, qui pourraient bien ressembler à trois de ces esprits vaudou… En tout cas, ils portent les mêmes noms !

Erzulie, qui, dans le vaudou, peut avoir plusieurs visages :

Erzulie Dantor : souvent représentée comme une femme balafrée aux formes épanouies, tenant de manière protectrice un enfant d'une main et un couteau de l'autre. C'est une guerrière, et plus particulièrement une féroce protectrice des femmes et des enfants.

Erzulie Fréda symbolise la féminité, l'amoureuse toute douceur.

Erzulie Gé-rouge (aux yeux rouges) est l'amoureuse jalouse qui pleure sur la brièveté de la vie et les limites de l'amour.

Erzulie Kaoulo représente l'amoureuse en colère invoquée par les femmes bafouées.

Grânn Erzulie, la grand-mère, qui se déplace avec sa canne et qui n'est pas assimilable aux autres Erzulie mais plutôt à sainte Anne…

Damballah, quant à lui, est l'époux d'Ayida Wedo, la maîtresse du ciel. Il apporte et communique les connaissances occultes et le savoir ; c'est un grand esprit de fertilité et de sagesse qui aide à prendre les bonnes directions.

C'est un Loa-serpent qui peut vivre dans les arbres. Il ne parle pas : il siffle. Il ne marche pas mais ondule sur la terre.

Il représente le principe du bien, et vit près des rivières et des sources.

Ayida Wedo représente la richesse, la chance, le bonheur. Comme son époux, elle vit près des rivières, et a une préférence pour les arbres de toutes sortes, le coton et la soie. Comme lui, elle imite les mouvements de la couleuvre. Son symbole est d'ailleurs la couleuvre arc-en-ciel

Quand le vaudou voit rouge

J'ai appris un peu tard que les couleurs sont importantes ! Pour les aiguilles des poupées vaudou, mais aussi lors du choix des bougies qui accompagnent un rituel. La couleur peut faire toute la différence entre un rituel de protection ou une attaque contre un ennemi !

Bleu : le bleu est une bonne couleur de protection et de chance en général. Le bleu clair est plus approprié pour la réussite des examens, alors que le bleu foncé apporte le succès dans les entreprises, les affaires administratives et le droit.

Vert : couleur de l'argent, le vert clair peut aider la réussite financière, tandis que le vert foncé se concentre sur la réussite commerciale.

Jaune : Couleur utilisée pour accélérer la guérison, c'est également une couleur favorable à la gloire.

Orange : L'orange attire l'estime des autres, la popularité et la gaieté.

Rose : la couleur rose aide à résoudre les problèmes affectifs et est utilisée dans les rituels de magie rouge (comme ceux qui concernent les retours d'affection, par exemple).

Violet : Un violet clair (parme) sera utilisé dans les exorcismes, tandis qu'une teinte plus foncée aidera à résoudre les problèmes de santé.

Rouge : couleur de la passion, du courage, de l'amour, la force et la santé !

Pourpre : couleur de pouvoir et de puissance, le pourpre peut aussi être utilisé pour briser les situations néfastes de l'entourage.

Marron : couleur de prospérité matérielle. Aussi utilisée dans la recherche des objets perdus.

Gris : Neutralise les forces du mal. Le gris agit comme un champ de protection contre les mauvais esprits.

Noir : couleur utilisée pour communiquer avec les morts ou pour éloigner un ennemi… Attention, le noir condense le mal, à utiliser avec précaution !

Blanc : couleur de la pureté, la sincérité et la vérité. Les bougies blanches sont également utilisées pour les défunts et la spiritualité en général.

Argente : renforce toutes les demandes.

Dore : peut remplacer toutes les autres couleurs… mais il est tout de même conseillé d'utiliser la couleur la plus appropriée pour le rituel choisi !

À bientôt, les amis, et attention avec la magie ! Bizzz Ju.

Retrouvez aussi chez Scrineo

Ils n'auraient jamais dû retourner dans cette maison

COLLECTION ROMAN D'HORREUR

Arthur Ténor

Après une soirée « films d'horreur » hilarante, Valentin, Cédric et Zoéline, trois adolescents qui adorent frissonner de peur, vont vivre en live une expérience digne des meilleurs récits d'épouvante. Le décor est une maison sinistre à souhait, close comme un coffre-fort de l'enfer, et les damnés qui la hantent font froid dans le dos… De quoi les combler de bonheur ! Ou de peur… Car le pire, le monstre, le cauchemar pour de vrai, n'a rien d'un gag... Il n'a pas de visage, ne parle pas, n'émet aucun son en se déplaçant. Et lorsque se produit la rencontre... il est trop tard pour fuir.

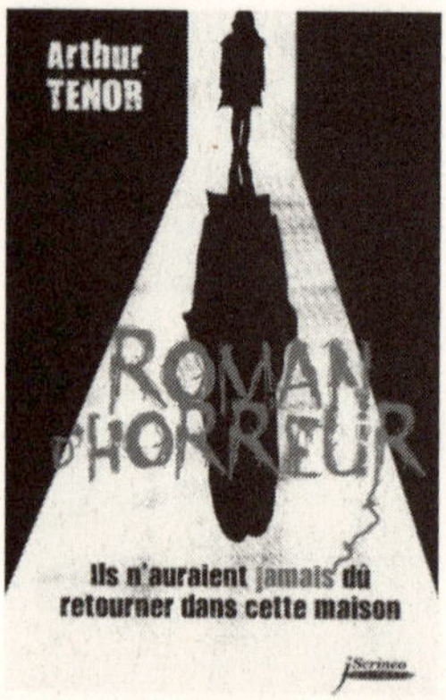

Méfiez-vous de vos désirs, ils pourraient bien devenir réalité…

Bienvenue dans l'enfer de la peur

COLLECTION ROMAN D'HORREUR

Arthur Ténor

Quand son grand-père, un archéologue de renom, meurt dans d'étranges circonstances, Sophia est effondrée. L'amulette antique sur laquelle il travaillait lui aurait-elle jeté un sort ? Avec Léonard, un camarade de collège, elle se sent possédée par des forces diaboliques…

Ainsi débute l'affrontement entre la Voie de la main droite et la Voie de la main gauche. Une seule arme sera utilisée : la peur, celle qui hante nos plus terribles cauchemars…

Bienvenue dans l'enfer de la peur !

Vous allez adorer cette croisière sanglante

COLLECTION ROMAN D'HORREUR

Arthur Ténor

Ils sont six adolescents, six heureux lauréats d'une compétition organisée par le jeu en ligne Massacre gagnant. Leur lot est un baptême de mer d'une semaine, tous frais payés, à bord d'un luxueux voilier.

La croisière débute sous un soleil radieux, une mer calme et des prévisions météo idylliques, jusqu'à ce que tout bascule dans l'horreur absolue…

C'était pourtant annoncé dans le message d'invitation : « Vous allez adorer cette croisière avec Massacre gagnant ! »

Cette fille est un vrai démon !

COLLECTION ROMAN D'HORREUR

Arthur Ténor

Justin et Katia Lamartine, ainsi que leur fils de quinze ans Romuald ont la chance inouïe d'hériter d'une gigantesque propriété. Ce fut un couvent, avant de devenir une institution privée accueillant des orphelins atteints de graves troubles psychiatriques.

Curieux héritage tout de même, comme le signale le défunt dans un testament audio glaçant. On se demande bien quelle malédiction frappe un si charmant monument historique…

La famille Lamartine ne tardera pas à faire sa connaissance : elle s'appelle Lili, une jolie jeune fille innocente et drôle… et carrément démoniaque.

Ainsi commence ce nouveau cauchemar digne des meilleurs… Romans d'horreur.

Ce stage était vraiment mortel

COLLECTION ROMAN D'HORREUR

Fabien Clavel

Quand on fait son premier stage de troisième en entreprise, on sait qu'on peut s'attendre à tout : corvées de cafés et piles de photocopiessont généralement au rendez-vous… Mais Nawel, très fière d'avoir obtenu un stage à la Défense, dans une des plus prestigieuses multinationales du monde, n'avait pas prévu de partager cette expérience avec des guignols beaucoup moins motivés qu'elle : Kylian, un frimeur de première, Enzo, un intello discret, et Joël, un garçon pas très bavard.

Et elle ne s'attendait pas non plus à trouver une tête coupée dans la photocopieuse !
Une entreprise démoniaque est à l'œuvre dans la tour Éden…
Survivront-ils à ce stage plus que mortel ?
Attention, le monde du travail peut parfois devenir un vrai cauchemar…

Au secours !

Les profs sont des zombies !

COLLECTION ROMAN D'HORREUR

Johan Heliot

C'est le dernier jour d'école avant les vacances, et tous les élèves trépignent d'impatience. Enfin, plus que quelques heures de cours avant la liberté ! Mais voilà qu'un mystérieux virus se répand en salle des profs, et que les enseignants sont saisis d'une incontrôlable fringale… d'élèves ! Un seul mot d'ordre : fuir pour éviter de se faire dévorer par ces drôles de zombies…

Ensemble, Norbert et Hakim, les pires cancres du collège, Jade la surdouée ainsi que Stef le surveillant se retrouvent pris au piège. Ils devront déployer mille ruses pour ne pas servir de friandise à une communauté éducative pas seulement affamée de savoir…

Et peut-être découvrir l'origine du virus… à condition de survivre.

LE PREMIER

Nadia Coste

À l'origine, il était humain.

Vaïn n'est pas mort. Pourtant, son frère l'a tué.
A-t-il ressuscité ? Pourquoi le soleil brûle-t-il sa peau ? Pourquoi seul le sang le rassasie-t-il ?
Alors que son désir de vengeance augmente, Vaïn se convainc que la Nature l'a sauvé de la mort pour éliminer son frère et sa descendance maudite... Une traque terrible et périlleuse commence... Elle durera des siècles.
La quête du Premier Immortel depuis la fin du néolithique jusqu'au début de Rome.

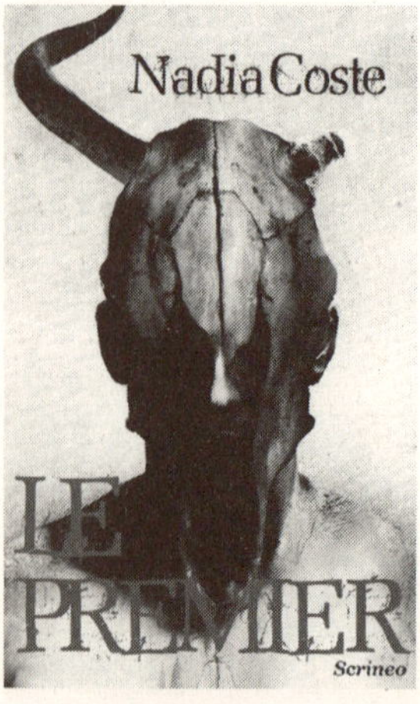

Le Roi des Fauves

Aurélie Wellenstein

Lauréat du prix des halliennales 2015
Finaliste du Prix des imaginales des Lycéens 2016
Sélection du Prix des Futuriales 2016
Sélection du Grand Prix de l'imaginaire

Accusés de tentative de meurtre, Ivar, Kaya et Oswald sont condamnés à un sort pire que la mort. Enfermés dans un royaume en ruines, coupés du monde, il leur reste sept jours d'humanité. Sept jours pendant lesquels le parasite qu'on leur a inoculé va grandir en eux, déformant leur corps et leur esprit pour les changer en monstre. Au terme du compte à rebours, ils seront devenus des berserkirs, des hommes-bêtes enragés destinés à tuer ou être tués sur les champs de bataille. À moins que le légendaire roi des fauves puisse enrayer leur terrible métamorphose ? Mais existe-t-il vraiment ailleurs que dans leur tête ? Commence alors une fuite en avant, une course contre le temps, où les amis d'hier devront rester forts et soudés, pour lutter contre les autres… et contre eux-mêmes.

Imprimé en France par France Quercy, 4609 Mercuès
N° d'impression : 60436/